王启祥——著

陆秀夫与蔡荔娘

LUXIUFU YU CAILINIANG
CHUANQI

传奇

图书在版编目（ＣＩＰ）数据

陆秀夫与蔡荔娘传奇 / 王启祥著. -- 兰州 ： 敦煌
文艺出版社，2023.12
ISBN 978-7-5468-2453-6

Ⅰ．①陆… Ⅱ．①王… Ⅲ．①长篇小说－中国－当代
Ⅳ．①I247.5

中国国家版本馆CIP数据核字(2023)第 216101 号

陆秀夫与蔡荔娘传奇

王启祥　著

责任编辑：马吉庆
特邀编辑：胡兴亮
装帧设计：小　吉

敦煌文艺出版社出版、发行

地址：（730030）兰州市城关区曹家巷１号新闻出版大厦

邮箱：dunhuangwenyi1958@163.com

0931-2131906（编辑部）

0931-8773112（发行部）

河北浩润印刷有限公司印刷

开本 787 毫米×1092 毫米　1/16　印张 13.5　插页 2　字数 210 千

2024 年 4 月第 1 版　　2024 年 4 月第 1 次印刷

ISBN 978-7-5468-2453-6

定价：68.00 元

目 录 | CONTENTS

楔　子

南宋末年，位于东南海疆之枫亭镇，有一位传奇女子蔡荔娘，通情达理，贤德善良，与"宋末三杰"之一的丞相陆秀夫演绎了一段荡气回肠的爱情故事。

德祐元年初，忽必烈问鼎中原，派出数十万铁骑，如飙风般踏进长江以南，北国狼烟未熄，临安皇宫的《玉树后庭》曲已被嘚嘚马蹄湮灭，谢太后只好带领小皇帝赵显向元军投降。但赵显的兄弟赵昰和赵昺却在度宗杨淑妃之弟杨亮节等人及禁兵的护卫下，逃出临安，一路辗转来到福州，不久在重臣张世杰、陈宜中和陆秀夫等人的推举下，又拥立九岁的赵昰成了新帝，继续在福建、广东沿海一带与元军展开了殊死搏斗。

在戎马倥偬之际，陆秀夫在福建枫亭邂逅碧玉年华的蔡荔娘，此时陆秀夫已是有妻捷子的中年人，与年龄相差二十四岁的蔡荔娘，经杨太后亲自赐婚，结成连理，后生一子，杨太后又赐名叫"陆钊"。陆秀夫在崖山海战中战败，肩背赵昺小皇帝蹈海殉国后，蔡荔娘痛不欲生，坚强生存。后在被追捕的日子里，她历经千辛万苦，以柔弱之躯，颠簸于海岸绝巅之间，终将陆钊培养成年。如今陆秀夫子孙后代遍布于郊尾、山尾、仙游城关及莆田上林等地，为怀念忠烈陆秀夫，蔡荔娘当年创设"留春节"，每逢农历三十日（小年三月二十九日），枫亭连江里百姓都要依例过"留春节"，唱"留春歌"，跳"留春舞"，至今已七百多年，每年仍在枫亭兰友村"三妈宫"流传，由此可见蔡荔娘对枫亭的影响深远。蔡荔娘死后，葬在枫亭南岭山。明王朝时，为纪念蔡荔娘，皇帝亲自在郊外设坛祭奠蔡荔娘，并敕封她为"南岭苍苍夫人"称号。洪武十二年（1379 年），为纪念陆秀夫爱国殉身和蔡荔娘的贞烈精神，朝廷批准其晜孙陆昭回乡重修陆秀夫的衣冠冢和蔡荔娘之墓。陆秀夫、蔡荔娘的名字，也因此被列入《福建通志》《仙游县志》和《枫亭志》各类地方史志当中。

第一章

元军长驱直入攻宋　宋军抵抗连连败战
京都临安受到包围　赵显皇帝被迫投降

端平二年（1235 年）底，蒙古大汗窝阔台以南宋毁约为借口，开始出兵攻宋。从此，宁静的大宋土地上，顿时狼烟四起，老百姓饱受战乱之苦。

咸淳三年（1267 年）冬，窝阔台的大军攻打的目标直指长江中游的襄阳，虽然此时的襄阳已大兵压境，但丞相贾似道还是忙于窝里斗，又封锁消息，不让皇帝知道此事，而赵禥皇帝更是懦弱无能，仍在皇宫里寻欢作乐，不知大难早已临头。

襄阳被包围后，次年樊城也被围困。咸淳八年（1272 年），被围困近五年的襄阳、樊城开始出现危机，不但粮食紧张，食盐和布匹也消耗殆尽。不久，樊城被攻破，樊城守将范天顺不肯投降，在高呼："生为宋臣，死当为宋鬼"的誓言后，毅然悬梁自尽。

襄阳城内，日益缺衣断食，连做饭的柴草也严重短缺，甚至有的人把关子、会子（纸币）连缀在一起做成衣服。但这时，朝廷仍没有派来援军，贾似道仍然将襄阳的存亡置之度外，还是歌舞连天，尽情玩乐，甚至在斗蟋蟀玩。蒙古大军于是采用从西方学来的火炮进行攻城，在内无粮草、外无救兵的情况下，守将吕文焕被迫投降。

1274 年（咸淳十年）农历七月，宋度宗赵禥皇帝病死，留下长子赵显 7 岁，次子赵显4岁，三子赵昺3岁。后在贾似道的坚持下，次子赵显继承皇位，为宋恭宗，尊宋理宗的皇后谢太后为太皇太后，临朝听政。

同年农历九月，忽必烈改蒙古国号为"大元"，命左丞相伯颜领20万元军，水陆并进，开始大举灭宋。

元军长驱直入，不到一年，于1275年农历2月，就相继攻下汉阳、鄂州、黄州、蕲州、江州、德安、六安和池州（今安徽贵池）等地。

宋军丁家洲大败后，元军占领了建康，又攻占了溧水、广德、常州、镇江，并包围了扬州，率主力兵分三路直奔临安。

农历十一月，伯颜进攻常州。右路元军攻取了安吉（今浙江安吉），左路元军由海道经华亭（今上海松江）杀奔澉浦，从东北面逼近了临安城。

眼看元军逼近了临安府，朝廷的大小官员竟然迅速溃散，一夜之间就逃跑几十名大臣。谢太后眼见大臣逃跑，脸上布满了愁云惨雾，愤然下了一份十分心酸又令人深思的诏书：

"我朝三百余年，待士大夫不薄。吾与嗣君，遭家多难，尔小大臣，不能出一策以救时限，内则畔官离次，外则委印弃城。避难偷生，尚何人为！亦何以见先帝于地下乎。"

这段话的大意是：我大宋朝三百余年来，对士大夫从来以礼相待。现在，我与继任的新君遭蒙多难，你们这些大小臣子，不见一人一语救国。内有官僚叛离，外有郡守、县令弃印丢城，逃避困难苟且生存，这是什么样的人才能做出来的事呢？像这些人，以后怎么有脸见九泉下的先帝呢？

但谢太皇太后的谴责，根本无法阻止大小官僚的行为，想逃跑的照样逃跑，想投降的照样投降。

不但如此，正当宋朝廷官臣逃得逃，投降的投降时，南宋朝廷的官臣们还忙着搞窝里斗，对陈宜中丞相借赌气之名当逃兵的行径争论不休，将元军就要攻到朝廷的事置之一边。对陈宜中的该行为，本应将其罢职处以重罪，而无能的谢太皇太后却派人去苦苦请求他回京，这时的陈宜中又装模作样不肯奉诏。谢太皇太后无奈又给他母亲写信，还加封陈宜中以更重要的职务。这样，在陈宜中母亲的干预下，陈宜中才回临安任职。但这时，元军却到处攻城略地，伯颜已经从建康渡江，分兵三路，水陆并进，向临安进军，其右路军从四安镇直赴独松关，左路军取道江阴，直奔华亭，中路军由伯颜亲自率领，直奔常州。

常州是个战略要地，伯颜的中路军要到达临安，常州是一个无法绕过的地方。但常州城防坚固，守城的人也浴血奋战，元军围攻了两个多月，仍然无法攻下。为此，德祐元年（1275年）十一月，伯颜亲临常州城下，对其发动了最猛烈的进攻。

为了攻下常州城，伯颜下令驱赶城外的百姓，日夜运土筑垒，使垒与城墙齐平。就此，常州顿时成了一个死城，浓烟滚滚，烈焰升腾，但想不到守城的宋军顽强抵抗，拼死守卫，仍然无法攻下。这时，眼里冒烟的伯颜，便把自己帐前的亲兵赶上战场。这些亲兵个个身壮力强，凶残成性，极大地鼓舞了元兵士气，不久，常州城就被攻破了。

虽然城墙被攻破了，殊死战斗还在继续，无数民兵和无名宋兵们开始了巷战，流尽了最后一滴血，元军为此也付出了极为惨重的代价，在这罕见的恶战中，知州姚訔、通判陈炤就这样力战而死，都统制王安节也因力竭被擒，仅有刘师勇带着八名骑兵杀出重围。

在常州保卫战中，还有一支由僧兵组成的百人队伍格外引人注目，他们是吃斋念佛的僧人，国难当头，却敢于挺身而出，跟元兵血战到死，无一生还，其精神堪称可贵。

因此，在破城之后，恼羞成怒的伯颜，竟然下达了屠杀令，使整个常州"城内外积骸万数，至不可计，井池沟堑，无不充满"，据说当时只有7人侥幸躲过元军的大屠杀，才使这段历史有了见证人。

常州失守后，伯颜中路军直逼临安，右路元军攻到临安北面的门口——独松关（浙江安吉东南），左路元军也沿水路逼近钱塘江，形成了对临安三面包围的局势。

就在这关键的时刻，南宋朝廷仍旧在守与逃的问题上争吵不休，这无异于把自己的脖子伸到元军的刀口下。

由于大兵已经压境，此时的临安城一片恐慌。左丞相留梦炎因此偷偷逃出临安城，投降了元军。而陈宜中平日里只会说豪言壮语，遇事却胆小如鼠，他的真实意图是求和生存，因此在张世杰和文天祥等人主张以临安尚存的数万勤王军队决一死战时，他以"王师务宜持重"的理由提出不同意见，还派工部侍郎柳岳到无锡去同元军议和。

柳岳见到伯颜，哭腔着说："幼主还小，现在还在服丧，自古以来，礼不伐丧，贵国为何要步步紧逼呢？南宋以前失信，这是贾似道一人干的，贾似道已经被杀了，你们应该原谅我们了。"

但柳岳的哭求遭到伯颜的拒绝，说："你们杀了我的使臣，我们才来兴师问罪。从前，吴越钱氏纳土，南唐李氏出降，都是你们的规矩，何况宋朝江山，也是从后周幼主的手中夺取的，如今，在幼主手中丢失，天道循环，一报还一报，很公平，不必再说了！"

伯颜放走了柳岳，不久，就率兵进入平江（今苏州），平江的宋军并未交战就献城投降了。

谢太皇太后和陈宜中不死心，又派陆秀夫、吕师孟和柳岳三人再去平江，交代三人向伯颜许诺给钱、称元主为叔，再不行，做孙子也行。吕师孟还去找他的叔叔吕文焕，让他替南宋说说话。但陆秀夫此时仍坚持"只议和，不投降"的原则立场，与伯颜针锋相对。

伯颜说："元出兵南下，是要收南宋的江山国土。"又对秀夫说："如果你一人不投降，就回去等死吧！"

吕师孟三人只好返回临安。谢太皇太后听了他们的汇报，立刻六神无主地大哭起来。

德祐二年（1276年）元旦，南宋宫廷内外一片死气沉沉。后又传潭州被攻陷，形势越来越危急，朝廷大小官员仍有人连夜逃跑。这时，朝廷又命吴坚为左丞相，常楙为参知政事，但宣诏的时候，文臣只来了六人。没想到，过了几天，常楙也偷逃了。

接下去，还听说嘉兴知府刘汉杰举城投降，安吉州守将吴国定给元军献款，知州赵良淳和徐道隆以身殉国。这使谢太后更加惶惶不可终日，陈宜中便派监察御史刘岊到元廷上表称臣，表示愿意每年献上二十五万两白银，二十五万匹绢布。

但伯颜对刘岊说："叫你们的皇帝率群臣，快快出城投降吧！"

谢太后见称臣纳银也不能解决问题，立即召群臣开会商议。这时文天祥做了最坏的打算，请求朝廷命吉王、信王分别镇守福州、广州，以待东山再起。他的建议，得到了部分大臣们的支持。

形势相迫，已没有更好的办法。而且谢太皇太后已无主见，搓得圆捏得扁，全听人家的，于是，谢太后下诏，晋封吉王赵昰为益王，任福州通判，信王赵昺为广王，任泉州通判。这就有了后来的"宋朝流亡小朝廷"。

正月，丞相陈宜中率群臣进宫去请求太皇太后迁都避敌，但谢太后此时突然发脾气，宁死也不肯离开临安。陈宜中因此大哭，用眼泪来劝谏，谢太后终于答应迁都，并派人整理行装。可到了傍晚，太后因为没有见到陈宜中进宫保护皇室老少逃命，因此又大发雷霆，大骂群臣欺骗了她，把头上的珠宝扯下来摔了一地，将自己关进屋子里，任何人也不见。

其实，陈宜中并没有欺骗谢太皇太后，只是计划第二天清晨逃离，没有把时间说清楚而已。正因为谢太后这一赌气，闭门不出，才把时间给耽误了。此时，元军的三路大军已经到达了杭州会师，他们的骑兵侦察队，已出现在临安城外，谢太皇太后想走也来不及了。

文天祥和张世杰见势，主张决一死战，但前提是把三宫（谢太皇太后、全太后、小皇帝赵显）送到海上去。但陈宜中竭力反对，否决了这个建议，只主张投降，并派监察御史杨庆奎带上传国玺和降表，正式向元军无条件投降。

自此延续三百十九年的宋朝，正式退出了历史舞台，把土地、人民以及一切都奉送给元朝，伯颜统统照单全收，但伯颜对杨应奎说："叫丞相陈宜中亲自来商谈具体事宜。"

陈宜中知道这个消息后，吓得脖子流汗，他哪里肯闭着眼睛跳下火坑，当天晚上，陈宜中第二次当了逃兵，带着一家老小，偷跑到温州躲了起来。

张世杰等人见朝廷不战而降，愤然带着人马跑到海上去。元军派都统制卞彪去劝张世杰投降，张世杰割下卞彪的舌头，并车裂了卞彪。

谢太后这时命文天祥为右丞相，和左丞相吴坚一起，到元军大营请求伯颜接受南宋的投降。但文天祥到了元军大营，并不按谢太后的意思宣布无条件投降，而是要求元军先从临安退兵三百里，然后再进行和谈。同时，还对元军的贪婪和残暴进行了声讨，道："车不横推，理无曲断，你们凭什么用武力强吞我大宋河山？"

因此，文天祥就被伯颜扣押在军中，让其他人返回临安城，又命忙兀台及降臣范文虎进城查封府库、史馆、礼寺图书及收缴各个部门的大印，撤掉官府及侍卫军，又索要宫女、内侍及乐官。为了保住贞节，很多宫女都溺水自尽了。

谢太皇太后又命贾庆余为右丞相，刘岊同为签书枢密院事，同左丞相吴坚、签书枢密院事家铉翁等人一起充当祈请使再次赶赴伯颜军营求降。

伯颜就把文天祥和祈请使一起抓去北方（但文天祥途中逃离元军）。伯颜自己则率军进驻钱塘江边，听说益王、广王已经逃出临安，便派范文虎带兵向南追杀。驸马杨镇本来随益王、广王同行，听说元兵追上来了，就叫益王、广王先走，他自己留下来拖住追兵。返回途中，正好遇上范文虎，杨镇骗他们说益王、广王已经走很远了，不可能追上了，范文虎一怒之下，就抓了杨镇。

伯颜进入临安城，带左右去巡城，又到钱塘江去观潮。

德祐二年（1276年）三月，南宋的图书、祭器、礼器、财宝等都作为战利品，被伯颜带回大都。另外，乐工、工匠、三学的学生和各级官僚等大批俘虏，也被押走。

这时，元世祖下了诏书，要伯颜将宋朝君臣都送往大都。很快，小皇帝赵显和太后全氏等也被押解北上。但谢太后因病不能行走，赖在床上不肯动，元兵就干脆连人带床一起抬走了。

三月二十一日，伯颜在写有"天下太平"大旗的引导下进城。

五月初一，元廷举行盛大的受降仪式，南宋君臣献上金银珠宝，作为投降的见面礼，全太后、赵显和宰执大臣、各级官僚，都身穿朝服拜见元世祖忽必烈。

第二章

宋又立皇帝于福州　誓死抵抗元军进攻
陆秀夫到枫亭宣抚　驿长百姓一致援宋

　　益王赵昰、广王赵昺，两王在宋度宗淑妃杨氏弟杨亮节等人的护送下，逃离临安，一行经婺州、温州辗转来到福州。随后，逃跑在外的陈宜中，来到了福州。在外地抗元的重臣张世杰、陆秀夫等人也先后来到了福州。

　　德祐二年（1276年）五月初一，赵昰在众臣"万岁，万岁，万万岁"的呼喊声中，即位为新皇帝，史称宋端宗。福州朝廷成立后，即升福州为福州府，改元为景炎，册封其母亲杨淑妃为皇太后，垂帘听政，进封弟弟广王赵昺为卫王。封陈宜中为左丞相兼都督，张世杰为枢密副使，陆秀夫为签书枢密院事。

　　景炎皇帝即位后，立即派出多路特使前往各地宣抚，诏告天下，发动军民，重整旗鼓，力图中兴朝政。陆秀夫正是这时奉命到莆田枫亭去宣抚民姓。

　　陆秀夫年近四十，中等身材，脸略显四方形，眼睛炯炯发光。他神采奕奕，仪貌堂堂，走路犹如虎步龙行，气度不凡，为人处世和蔼、沉着、机敏。

　　陆秀夫此行枫亭，不单是宣抚，也为察看地形。他深知枫亭地处福建东南沿海中部，海岸线有五公里，进可攻，退可守，亦能从海上直达泉州、厦门和广东。

　　枫亭历史悠久，全境东西长约15公里，南北宽约7公里，总面积约88平方公里。早在汉代元狩间（前122－前117年），就有"安徽庐江何氏九兄弟投宿于此，折枫结亭"的记载。宋宝祐刊《仙溪志》，也有"九仙结枫为亭"的记载。若从唐德二年（619年）设枫亭馆以来，也有1400年的历史。据明朝《枫亭志》记载："枫亭……唐称枫亭馆，宋时名为太平驿，元代改名枫亭驿，今则仍为枫亭驿。"雍正十三年（1735年），又改称为枫亭，管辖连江、慈孝、香田三里。后来，枫亭隶属福建路兴化军仙游县唐安乡连江里，至民国时才称"枫亭镇"。另据地方志记载，枫亭在宋、元时也有人称为"枫亭南市"。

枫亭钟灵毓秀，人文荟萃，名流辈出，从宋至清，枫亭单是登上进士及第就有127人，在宋史中有记载的达二十人，这在历史上是罕见的，在这127人中，以宋代名臣蔡襄最出名，其官品、文品和人品都载誉史册。枫亭境内的农业、手工业、商业、对外贸易历来相对发达，自古就是东南海的重镇。

时不多久，陆秀夫一行十几人，就乘马往枫亭而来。仙游县的知县、知县事和县丞，另有几名主簿，在接到通知后，提前就到枫亭等候。兴化军知军陈文龙也来枫亭等候迎接。

按当时的编制，知县是正八品官员，相当于现在的县长。知县事是县一级的政务、民务和军事管理人员。县丞相当于现在的第一副县长，主簿是一般办事人员，兴化军知军相当于现在的军区司令员。

由于目的地是枫亭，接待的任务就由枫亭太平驿驿长陈达明负责。

陈达明是个很有城府、有修养的人。他中等身材，圆脸型，眼睛微凹，脸上皱纹较多，已五十多岁，但精力充沛，腿脚硬朗，只是岁月的沧桑与坎坷，使他的须发过早地涂上了一层白霜。当日，他穿一件淡蓝色的绸缎大褂，觥筹往来，言语应酬，熟极而流，客气而不失大家矜傲之风。

为了保国抗元和欢迎陆大人来枫亭，他特地召集副驿长、监官、驿吏和多位都保来迎接。

驿长、副驿长、监官及驿吏都是编内吏员，但其中都保虽不拿朝廷俸禄，却也是当地非常时期维护治安的重要人员。宋时的乡里制度，基本上沿袭唐代，十户为一保，置保长一人；五保为一大保，置大保长一人；十大保为一都保，置正、副都保各一人，宋朝实施这个制度的核心功能是负责强化地方的治安，因此叫来都保。

除了都保外，陈达明驿长还派人叫来知寨和巡检司。宋末的县、乡之间，有镇、寨的设置。镇设于居民稠密而贸易兴盛之地，置监官负责治安和税收。寨设于地形险要处，设知寨负责领兵防盗。在边远地区，县以下还设有巡检司，负责捕盗、缉私事务等，因为陆大人此行的目的之一，是察看地形，因此派来知寨和巡检司协助也是必要的。

另外，枫亭靠海，在海路要道上，陈达明还派人叫来港口的头面人物蒲均文。这蒲均文，手握着枫亭海岸港口的权力，是太平港的首要人物。蒲均文是泉州市舶司蒲寿庚的三儿子。南宋时，在泉州建有市舶司，管理贸易商税，兼管地方行政治安。泉州是南宋时全国的第一大港口，当时提举泉州市舶司的就是这个色目人蒲寿庚。蒲寿庚自幼就随父来此做买卖，已有三十多年的时间，在泉州根深蒂固，拥有极大的势力，所以，枫亭这个太平港由蒲寿庚创建，由蒲均文掌管，就不足为奇了。

除此之外，由于驿所在连江里中心（即现在的兰友村），连江里的都保蔡日忠也是一位重要人物，陈达明还叫蔡日忠临时找来几位"丫头"帮助招待朝廷的人。蔡日忠遵命，就临时叫来他的女儿蔡荔娘及和荔娘同窗同庚的张珍珠，还有同学刘道义等几人也一起来帮忙端茶倒水和准备饭菜事宜。

一会儿后，约上午巳时，有人喊："来了，来了！"

果然，众人抬头一看，一队人马，马蹄声嘚嘚地近了，先前一军官高喊："签书枢密院事，端明殿学士，枢密直学士陆秀夫大人到！"

话音未落，只见陆大人身穿紫袍，头戴七梁远游冠，腰间挂着金鱼袋，脚穿白袜黑皮靴，下马而立。

兴化军知军陈文龙、知县、知县事、县丞和陈达明驿长众人，并排着，都一一弯腰行礼。

只听见陆秀夫道："大家辛苦了，你我为同殿之臣，眼下国家多难，何须如此多礼，秀夫于心难安呐！"

陈文龙道："大人为国劳苦南下，小人理当迎接。"

知县道："大人乃国之栋梁，眼下外族践踏我土地，正需大人巨手擎天。大人一路风尘操劳，小人迎候大人，理所当然！"

陆秀夫道："你我当共赴国难，何分彼此！秀夫从临安一路而来，遍地狼烟，百姓流离失所，大宋子民无不恨之入骨，虽说王土大半丧于元军，然我朝廷尚在，朝中尚有文天祥、张世杰、刘苏义忠臣，兵力亦有近二十万，皇帝决意饮马长江，收复中原，今秀夫来枫亭，蒙众位乡亲在此迎接，眼见我大宋尚有如此忠义臣民，倍感欣慰。愿百姓与皇帝一道，驱除鞑虏，收复中原，还百姓一个清平世界。"

言罢，在众人一片叫好声中，陆秀夫即与众人一起到驿所大厅就座。

茶水之后，陆秀夫环视众人，拿出一卷黄绸，整了整衣冠，打开黄绸高声朗读道：

"宋室有主，兴复斯时。帝星朗耀于闽都，遣秀夫先入抚安生民，同起忠义兵师，协清国家危难，倾诚招讨保义山河。"

该檄文的大意是：大宋有皇帝有朝廷，已恢复了过去的辉煌。现在，皇帝龙威在福建兴起，福州为吾国之中心，特派遣陆秀夫先进入枫亭，安抚民心，同时发起组织忠义部队扶持国家危难，竭诚招募民众一同保家卫国。

念罢，陆秀夫郑重地把书札交与知县，知县接后又交与陈达明驿长，陈达明一看，卷首的《抚安闽氏檄》几个字就跳了出来，他顿时心里一震，用双手捧着，知是朝廷下的檄文，随即和知县向陆秀夫俯首行礼。

陆秀夫又道："诸位皆为深明大义之人，忠肝义胆之辈，今我欲闻各位之言，如对国家有所裨益，陆秀夫定会报予皇帝陛下，予以采纳，朝廷亦会酌情委以重任，望尔等一一讲来。"

陈文龙道："我致仕两载，今承皇上擢升参加政事、兴化军知军、知兴化县事，治下兴化军及两县民风淳厚，无不以收复中原，还我河山为念，诸位平常亦有报效国家之心，今陆大人承旨来此，乃我兴化军之旨，定于遵行。"

知县道："陆大人请放心，卑职刻日即令辖内招募乡民，招讨保义。至于大军所需钱粮、船只、兵器，卑职亦一定办理，尚请大人安心。"

县丞道："我仙游县地广人多，桂圆、荔枝干天下闻名，获利甚丰，大军所需钱粮，我们尽力筹措。再者，枫亭濒临海边，水路、陆路皆是方便，望大人安心。"

陈达明驿长道："宋室有主了，臣民有靠了；朝廷重兴，社稷之福也，陆大人亲临枫亭召唤，我等定当全力以赴，誓死抗元。"

蔡日忠道："有国才有家，我驿臣民在国难之时，理当共固宋主。我虽一介草民，然报国之心亦然，一切听从朝廷指挥，陆大人你就放心吧！我以保内百姓之名，一定做到保皇护国，抗拒元军，决不含糊。"

蔡日忠年龄与陈达明相近，为人忠实，谙达世情，他身材高大，皮肤稍黑，两眼有神，有点将军肚，但四肢健壮，走路轻巧，敏捷。他原是驿所驿吏，兼任都保，后辞职在街上开海产商行，家道殷富。

蔡日忠说后，知县事、监官、都保、知寨和巡检司们都纷纷表达了自己保皇保江山，义不容辞的决心。唯有蒲均文一言不发，既不反对也不表示赞同。

大家心中有数，这蒲均文，是听他父亲的，和咱们弹不到一根弦上，近来街坊一直传说蒲寿庚要投元了，想必蒲均文哪天也要投元。

接着，大家在宽阔的大厅里，不分职位轩轾，身份高低，像多年的至交好友一样，团结一心，促膝长谈，从时局的变化，谈到朝政的得失，从国力国运谈到民心民信，从全国抗元，谈到福建和枫亭的布防，大家都对保家卫国竭力探讨和谋划着。

在大家集中精力谈论时，蔡荔娘几个人，不停地拨来报往，为大家沏茶倒茶水，其举手投足，形成了一道风景：

荔娘个子高挑，如水的眼眸，如花的容貌，美如西施。她那苗条的身材，如水畔杨柳，风中修竹，不但举止优雅，彬彬有礼，而且神态沉静，给人留下一种独特的优雅恬静和妩媚动人的感觉。

张珍珠的身材亦颀长健美，水泉映月般的眼睛，天生动人的眉毛，特别是那一张年轻靓丽，娇嫩温和的脸，以及那一头乌黑的长发，更显出南方少女的风韵和娇美。

刘道义则个身高体健，肩膀宽厚，一脸孩子气的清秀，长得帅气，俊逸中透出几分潇洒，又很文雅，给人留下男性青年那种血气方刚的强烈印象。

茶余话闲，快要吃午饭之时，陆秀夫这才注意到她们几个，他细看了一下蔡荔娘，微笑问道："齿长几矣？还读书吗？"

荔娘嫣然一笑，道："17岁了，还在青螺书院里上学呢！"

陆秀夫道："青螺书院原来设在枫亭，那可是闻名福建的学府啊！"

陈达明道："是，是，青螺书院位于塔斗山，初建于五代期间，是枫亭附近几十里内的闻名学府。早年陈洪进、蔡襄、蔡高兄弟都曾在这里读书而闻名天下，理学大师朱熹也曾在这里讲学授徒过。"

陆秀夫道："女孩不是不让读书吗？"

荔娘道："女扮男装啊，老师很好，不反对！"

陆秀夫道："不简单啊，如今，你的老师是谁？"

荔娘道："陈勋。"

陆秀夫"啊"了一声，道："是他，宝祐四年，他和我同在临安参加科举考试。那年，这一科的状元是文天祥，我考中进士，他因病重而没有考好。好老师啊！你替我问候一下，哪天我再到枫亭，专程去拜访他。"

荔娘道："好，好。"

陆秀夫听完后，道："你们这下一代，也会在这青螺书院的教育下，出现更多能担负起国家重任的人。"

荔娘道："我们尽力争取吧！力争做对国家有用的人。"

陆秀夫又问："尔是何家之女？住哪？姓甚名谁？"

陈达明在旁，插嘴道："她是蔡日忠的唯一千金，就住在连江里，与驿所只有二百米路。"

荔娘喜眉笑眼，补充道："姓蔡，名荔娘。"

蔡日忠也在旁，一听，向陆秀夫点点头，嘀嘀地笑着，说："是我女儿。"

陆秀夫指了珍珠和刘道义，道："你们三人是同窗？"

荔娘、珍珠和刘道义都点头称是。

珍珠道："吾也女扮男装也！"

陆秀夫笑了，又问道："老师近来讲授什么呢？"

荔娘道："刘先生近来除了讲授《满江红》《别家诗》等外，还讲授了大宋朝国土范围、历代英烈等案外课，教导我们要忠于朝廷，抵抗元朝，还时常穿插一些忧国忧民的诗，似哭似喊的诗句，如'欲诉愁人意，频怀祖国忧'、'中原岂天上，尺土不能归？'很感动人的。"

珍珠插话道："还有'十载枕边忧国泪，不堪幽梦破晨鸡''要归瀚海铭燕石，莫上新亭作楚囚'等诗句。"

刘道义道："听了刘先生的课，我想不读了，也要去应征，到保国抗蒙的行列去。"

陆秀夫听了，顿时严肃起来，道："你们正在读书，也满腔热血，想保家卫国，抵抗元军？"

荔娘道："是啊，我们长大了，懂事了，国家兴亡，匹夫有责呀，现在'泽国江山入战图，生民何计乐樵苏'，我们何不挺身而出，为国为民出一份力量呢？"

珍珠道："是啊，'烽火照西京，心中自不平'，我蓄志报国，也想抗元护国啊！"

刘道义更是揎拳捋袖，道："我是男子汉，'野夫怒见不平处，磨损胸中万古刀'，国家兴亡，匹夫有责，我更想投身行伍，以死报国。"

陆秀夫听了，敬慕之心，油然而生，感动地说道："很好，很好，'江东子弟多才俊，卷土重来未可知'（该诗意是：江东人才很多，若能吸取教训重整旗鼓，再次兴起取得全胜也是可能的），你们的精神洵属可贵，有你们青年人的支持，还怕丢江山吗？"

陆秀夫和蔡荔娘的对话，起大家不停地欢呼和热议。唯有蒲均文这时坐在椅子上，还是一言不发。此时的蒲均文在想：战事与我何相干呢？我今年二十五岁，还没有娶老婆。荔娘是枫亭人，自己已在枫亭多年，怎么自己没发现她呢？荔娘生得如此漂亮，自己要如何托人把她娶回家呢？

蒲均文此时此刻的注意力都集中在蔡荔娘身上，他在观察她的一举一动，看得眼珠都要钻进荔娘的肉里，看得荡了三魄，走了七魄，看得心都痒痒得难挠，根本听不进去大家的发言。

该吃午饭了，外面有人催促了，大家都慢慢地走出大厅，荔娘几人也赶紧出去了，帮忙端菜、端饭、洗碗和打扫卫生！

饭后，大家都没有休息，陆秀夫在知县和陈达明等一行人的带队下，乘马往塔斗山脚、梅岭山和锦屏山等地去察看地形。蔡荔娘她们忙完后，也各自回家去了。

这天傍晚时分，陈文龙因军营有急事，先告别陆秀夫回莆田去了。蔡日忠知道陆秀夫晚上要在枫亭留宿一夜，准备当晚宴请陆秀夫和知县等人。

蔡日忠原是枫亭东宅村人，因在枫亭街道开了海产商行，后来就移居枫亭连江里买地建房。蔡日忠是当时连江里的富有人家，并且在东宅老家，他还有一个荔枝园，共有几十棵荔枝，年入颇丰，因此，他会后就向陆秀夫和知县等人发出邀请，早早就回家打扫卫生，并通知菜馆将酒和饭菜挑到他家里。

蔡日忠虽然姓蔡，但跟枫亭的蔡襄、蔡京不是同族人。蔡日忠还有一个弟弟，叫蔡日慧，也在枫亭经商。蔡日忠的妻子叫杨氏，农家出身，她知道蔡日忠今晚要在家里招待贵人，早早就和蔡荔娘吃了晚饭，上楼回避。

宴请会就在蔡日忠的底楼大厅上举行。当晚蔡日忠家四壁挂上火灯，不一会儿，陈达明就带领陆秀夫到来，蔡日忠、杨氏和蔡荔娘一家三口人热情地欢迎了众人，大家在参观完蔡日忠这座刚建几年的新房后，宴会就开始了，随即杨氏和荔娘上楼去了。

蔡日忠今晚请客有二十人，分作二桌。大家一边吃一边饮一边谈国事，谈家事，不时举杯互相敬酒，沉浸在一片欢乐的气氛中，这时陆秀夫转头一看，才发现杨氏和荔娘不在，便问日忠："你夫人和荔娘为何不来一齐吃呢？"陆秀夫这么一说，大家齐声道："是啊，怎么不叫她们一齐来呢？"陆秀夫又说："蔡老啊，你真不简单，建了这座堂屋，又培养了一个青螺书院的才女，以后谁娶了，谁家就福气无量。"蔡日忠赶紧说："陆大人多夸了，多夸了！"陈达明听了，说："日忠啊，你叫荔娘下楼来敬陆大人一杯。"众人说："对，对，陆大人肯到贵家，是你家世代烧了好香，快叫她下来敬陆大人一杯。"日忠听了，高兴得嘴不合拢，呵呵地笑着，便上楼去叫荔娘。荔娘不好推辞，就下楼了。没想到陆秀夫见荔娘下楼了，反而倒了杯酒给荔娘，说："青螺书院的才女，我敬你一杯！"荔娘不好意思地接过酒杯，尊敬地行了个礼，很有礼貌地说："多谢陆大人了，小女无才，不敢与陆大人共饮！"陆秀夫笑了，说："我也是民间凡人，来，一家人，干杯！"荔娘羞羞答答地举杯向大家祝贺，说："为陆大人的到来，大家干杯！"大家都欢天喜地，举杯一饮而尽，这时荔娘说："陆大人肯来我家，是我家的荣耀，能不能饭后给我家留墨宝增光？"没想到陆秀夫酒已三巡，兴致来了，说："好，好，我马上写几个字。"蔡日忠这时才想到楼房盖好到现在，家里大厅上还少一幅壁挂，忙说："对，对，我们大厅中还少壁挂字，陆大人能赠诗一首，那我家就福上增荣了！"陆秀夫劲来了，说："好，好。"荔娘马上就去取笔墨和布，陆秀夫即濡染大笔在上面写道：

族与权奸京下别，聿修厥德念先人。

遐思当日端明老，荔树棠阳赤岭春。

陆秀夫落笔后，大厅里的人都鼓起掌来，说："好诗，好诗，不愧为端明殿学士啊！"

陆秀夫说："不敢当，不敢当，不才之作，劣字也！"

这时，蔡荔娘又开口说："我家进思堂没有匾语和柱诗，能不能再赐墨宝？"

原来，蔡日忠和蔡日慧兄弟在蔡日忠屋边还合建一间书屋，叫进思堂，屋中有很多书，蔡荔娘常常就在这里读书写字。

陆秀夫说："行，行。"

于是，陆秀夫写了"进思堂"三个字。随后，又挥毫题柱语道：

天地为家犹旅舍，乾坤有主在宾筵。

陆秀夫写完，大家又一次鼓起掌来。荔娘高高兴兴地拿诗上楼去了，陆秀夫回到酒桌上和大家边聊边饮。

后来，杨氏将陆秀夫的这首七律诗用边缘绣上花边的布，装饰后挂在大厅上。又雇人把"进思堂"三字雕刻在匾牌上，把柱诗刻在进思堂的木柱上，顿时，蔡日忠的家增光添彩，驿上的人听说后，经常有人特地来日忠家看陆大人的亲笔题诗，蔡日忠家因此名声大燥。

陆秀夫为蔡日忠家题诗的事，历代的《枫亭志》都有记载。至今，这首诗还流传在枫亭民间。这首诗的大意是：

你们这一家族与蔡京、蔡卞家族不同，修道德留阴德感恩祖先，想想当时端明殿学士蔡襄留下的品行，这就像荔枝树和棠梨树把你们的赤岭村遮盖得像春天一样温暖。

第二天，陆秀夫一行又赶回福州去了。

第三章

宋军败退又往南撤　赵昰皇帝进驻枫亭
百姓欢呼夹道欢迎　荔娘名声从此渐起

大家拥立赵昰小皇帝在福州恢复朝廷后，极大地鼓舞了正在浴血奋战的军民，各地也重新动员和集合了抗元力量。两浙、福建、江西、四川等地的抗元形势有了新的转机，收复了不少失地，一些原已经投降元的州县又转而倒戈，归顺到赵昰行朝。时任枢密副使的张世杰率军进攻邵武，获得胜利，收复了闽北的大部分地区，江西的南丰、宜黄、宁都三县，也相继传来捷报。临安失陷后仍在四川坚持抗元的张珏，俘虏了元军的安抚刘才、参议马嵩，收复了泸州，进军重庆，占领了涪陵，并且在巫溪，张珏又连破元军十八座营寨，保卫了巫溪。赵昰朝廷建立不久后，临安陷落前被太皇太后谢道清派去与元军谈判讲和，而被元朝丞相伯颜扣留的文天祥，在被押解北方行至镇江时，冒险出逃，于五月二十六日也来到福州。

但到盛夏六月后，抗元形势又恶化了。在江西，刚刚打开局面的吴浚、翟国秀、傅卓相继兵败，婺州、衢州和南丰、宜黄、宁都和秀山等一批州县又被元军占领。

在广州，经略使徐直谅苦战不敌，兵败出逃。

临安沦陷后还由宋将坚守的江北重镇扬州、潭州、真州、重庆府和淮东各州县也先后失守，李庭芝、姜才、李苪、赵孟锦等得力干将也相继战死或被俘虏和杀害。

形势又再度紧张起来，行都福州又不安全了。因此，福州朝廷一方面调兵遣将，继续在浙江、福建等地加强防卫，一方面伺机"迁都"，准备继续往南撤退。

福州的赵宋朝廷，原设在平山。平山在闽县开化里凤山之东（今福州仓山区城门镇濑江村）。这里北临闽江，海路交通方便。翘首南望，九曲山蔚为壮观，层峰叠翠，风光无限；向北的江面上，白鸥盘旋天空，渔舟穿梭不断，悠悠江水连天，因此赵宋朝廷到福州后，就看上了这块风景如画的风水宝地，在此地开山建堂，号为"平山堂"。平山堂分上下两层，结构和面积都大不如临安朝殿，但临时有这样的殿都，还是可以成为朝臣们商议朝政的地方。平山堂建成后，左丞相陈宜中还写了一幅"平山福地"的大匾，挂在平山堂大门上。众臣就是在此将益王赵昰扶上帝位，成了皇帝，向天下发号施令。小皇帝和杨太后的生活起居，就设在临近平山堂的濑江书院里。

但形势急转直下，如今不得不再放弃这"平山堂"，准备进驻枫亭。因为枫亭的地形，已由陆秀夫巡查过，是可固守之地。

这天，福州朝廷大队人马兵分两路，一路由张世杰带兵步行从福州南下，另一队，即赵昰皇帝和杨太后、卫王一行，由陆秀夫等近臣和数千精兵护驾，以及部分官吏眷属和宫廷人员随行，登船从闽江口入海，顺岸南下，沿福清湾水道航行，一路晓行夜宿，不日就到达莆田新度。陆秀夫与杨太后打算，在新度的白云寺借宿并顺带参观这个名寺。

白云寺，原名白云院，最初叫白重院，坐落在现在莆田市新度镇下坂村壶公山西侧的山坳里，距莆城只有十六里之远。它创建于隋大业年间（605-618年）。白云寺风光别致，环境清幽，素以清静庄严著称，深受郡中诗人墨客仰慕。当时，白云寺中房屋有四百多间，可以住下大队人马，所以陆秀夫看中了这个地方，特地从海岸行走了约二里山路，才到达白云寺。陈文龙军营就在莆田城，他得知太后驾到，也迅速赶到白云寺来拜见小皇帝和杨太后。

小皇帝在白云寺居住的两天时间里，传下了一个非常神奇的故事，据说小皇帝居住过的右侧僧房，本来蚊子多，地板潮湿，但在小皇帝住后，僧房里就不见蚊子，地板也不潮湿了。至今这故事还流传在民间和记载在史料中。

在白云寺期间，陆秀夫写下一首著名的诗篇，叫《吟白云寺》，全诗如下：

> 松花冉冉点苍苔，屋角梧桐次第开。
> 人依栏杆犹未去，一双白鹤破山来。

该诗大意为：白云寺的四周松树苍翠茂密，开着的松花洒落在长着青苔的地上，梧桐花一朵朵先后绽放，游人靠在栏杆旁看着美景久久不愿离去，有两只白鹤从山那边飞了过来。

从诗中可知当时陆秀夫的复杂心情和他对重振大宋江山抱有的希望。他一边是对松树长得苍翠茂密和梧桐花开得灿烂美丽的留恋，一边是对松花洒落地上和游人靠在栏杆旁思绪万千的感叹。这是和当时大宋国运相吻合的，即一面是对元兵追杀一路南逃身陷困境的忧伤，一面又是期望宋朝的前景能如白鹤从山边突然破飞而来出现奇迹，从而转危为安。全诗写出了陆秀夫当时忧国忧民的悲痛心情，也写出了陆秀夫忠心耿耿，力保南宋社稷的决心，显现出陆秀夫在当时困境下，不放弃江山，决心斗争到底的思想情感，特别是一个"破"字刚劲有力，更道出了诗人保国护君的意志和顽强的斗争力。

陆秀夫在白云寺期间，还留题白云寺的对联二柱，这对联的内容是：

> 鹤从苍汉鸣来，花色此间开次第；
> 龙矫白云飞去，雷声何处震乾坤。

该联大意为：仙鹤从茫茫的苍天鸣叫着而来，山间的花儿逐渐地盛开了；龙踩着白云从远远的天上飞去，何处的雷声不会震荡四海的大地。

陆秀夫和小皇帝在白云寺借宿两天后，又启航南下，第二天，又驻跸在莆田嵩山寺。

嵩山寺又称护国寺和护国院。地址在今天的莆田市东庄镇东沁村上堂附近的山上。嵩山寺与陈靖姑祖庙相连，同时创建于宋大观元年（1107年），因只一墙之隔，当地老百姓合称这两个寺为"象山寺"。但"象山寺"有东房、西房之分，东房为嵩山寺，是和尚寺，西房为陈靖姑庵，是尼姑寺。陈靖姑寺的占地面积是嵩山寺的3倍左右，却没有嵩山寺出名，只因嵩山寺曾在宋时发起护国运动和宋末小皇帝及陆秀夫曾在此寺居住过，所以嵩山寺才被称为"护国院"。不过，至民国末期，由于嵩山寺的住持已去世又无人接班，现在也变成了尼姑寺。两寺后经翻建后在同一围墙内，可以互相出入，但还是挂两个寺名，寺规也不一样。

嵩山寺前有个嵩山道德亭，两层亭檐与八卦方位完全一致，屋顶上有先天八卦图，亭内中间八个方位紧连八块石碑，上刻老子道德经81章5000余言。亭门上有著名画家朱成淦题联："道高龙虎伏，德重人民钦。"还有书法家郭万松题匾，"嵩山道德亭"五个字。嵩山顶上，有明朝兴化知府和清朝唐其章的摩崖石刻。另在嵩山岩下方，有8棵500年历史的老荔枝，虽地处沿海山头，缺水又大风，但生长正常，产量不亚于平原地区，打破了植物学家称"在莆田沿海边不能栽种荔枝，即使成活，也不能结果"的断言。而且，嵩山上还有一棵树龄达1500年以上的古樟树，有趣的是，在六七十年代，古樟开始枯萎，将近死亡，但二十年后，此樟又开始苍绿茂盛起来了。

陆秀夫和小皇帝驻跸在嵩山寺时，陆秀夫也题了一首嵩山诗如下：

护国嵩山院，登临且放歌，神游天地外，对海计如何。

该诗意为：护国运动曾经在嵩山寺发生过，我现在登上这里并且激情地作诗，精神已经飞到天地之外，但是面对茫茫大海又能有什么样的好策略呢？

在这首诗中，陆秀夫的心情与写《吟白云寺》的心情是一样的，同样表达了他对登上高山俯看美景的留恋和尽情自由作诗的激荡心情，同时也表达了他对国家的灾难无能为力的遗憾。

第二天，陆秀夫又为嵩山寺写了柱语如下：

当年护国是山，来奏帝赐名，山表曰嵩祝圣。

此日佐君飘海，去卜都谋向，海朝于粤飞龙。

该诗意思是：当年在此山发起护国运动来维护皇帝的威名，上奏时因此皇帝命名为嵩山来祝福圣灵，今天辅佐皇帝漂泊在海上，预测不知未来会如何？因而只能祈祷国家的未来，能像在粤地的大海上飞起龙的身姿一样威兴大地。

在这里，陆秀夫肯定了嵩山寺护国的功劳，同时也表达了此次南逃漂泊海上的艰苦，不知大宋命运将如何，希望国家能像龙飞舞一样地再次活跃兴旺起来。

陆秀夫和小皇帝在嵩山寺入住两天后，才派人通知枫亭，告知明天就要到达枫亭了。

枫亭要住皇帝了，枫亭人沸腾了。这是驿长陈达明接到加急文书而得知的重要消息。这特大的新闻，犹如平地一声雷，"轰"的一声，马上炸开了，枫亭人欢欣鼓舞，奔走相告。

不过一天，一转十，十转百，枫亭的大人和小孩都已知晓此事。

这天，太阳高升，万里无云，蝴蝶飞舞，百鸟唱歌，枫亭老百姓群情振奋，举手加额，几千人夹道排列在道路两旁，人们壶浆塞道，准备各种珍馐美味和茶水，想以最热情的方式，迎接千年难逢的皇帝来临。

蔡荔娘一家人，更是忙忙碌碌，蔡日忠早早就准备了两大担用荔枝鲜榨的果汁和用荔枝干煮开的果水，准备供给劳累步行而来的皇帝、杨太后和官兵们喝。

枫亭早在唐代就有荔枝的种植，据说那时只有枫亭才有荔枝，以正宗的陈紫、乌叶品种为上品。到了宋代，枫亭的荔枝已名扬四海，有"烟火万家，荔荫十里"

的记载，古诗称为"夜半归来风满袖，家家门巷荔枝香"。北宋名臣蔡襄是枫亭人，为此还写成世界上第一部荔枝专著《荔枝谱》。苏东坡也写"日啖荔枝三百粒，不辞长作岭南人"的诗句。明朝嘉靖年间，戚少保帅师来仙游平倭后，曾驻在枫亭，留诗云："累累荔子状元红，占断君谟谱法工。百果相逢皆北面，八闽四皆许谁同"。宋代以后，枫亭的荔枝才逐渐移植到莆田、闽中、外省甚而远至海外。

由于是特产，蔡日忠想荔枝味香且甜，汁多，小皇帝和杨太后可能还没有尝过，而当时正是荔枝成熟季节，他家又盛产荔枝，有荔枝树几十棵，因此他和荔娘特别压榨了一些早熟的荔枝鲜汁，准备给杨太后和小皇帝尝尝。

不一会儿，长长的皇帝驾和精兵护卫队伍真的来了，大家都不约而同地齐呼："皇帝万岁，万万岁！""皇帝万岁，万万岁！"

走在最前面的护卫队浩浩荡荡进入了枫亭大街，老百姓们像迎接自己的亲人一样，争先恐后地把准备好的茶水供给赶路的士兵们。蔡荔娘和日忠，更是一边欢呼着，一边不停地供给士兵们果水。

过了一会儿，夹在队伍中间的皇帝驾和杨太后的座驾到了，路人一边高呼："皇帝万岁，万万岁！"一边都"轰"的一声，如百鸟朝凤般地毕恭毕敬地跪下来朝拜。

小皇帝只有九岁，在一浪高过一浪的"万岁"声中，他终于撩起驾幔伸出头来观望。哇塞！小皇帝长得太可爱了，虎头虎脸，胖墩墩的，一对大眼睛乌黑发亮，皮肤又白又嫩，小巧圆润的嘴巴，头上戴着一顶镶着珠宝的黄金盔帽，身穿黄色圆领方心长袍，见百姓不断地高呼，顿时脸上现出天真可气的笑容。

杨太后也受百姓的热情欢迎鼓舞，撩起驾幔，袅袅婷婷地下了驾，向下跪的百姓大呼："免礼了，免跪了，快起来，快起来！"

杨太后长得庄严美丽：略胖，脸色白中带红，皮肤光滑发光，聪眉慧眼，牙齿雪白，窈窕的身材，玲珑有致，使人联想起那亭亭玉立的盛开的兰花，别有风韵，虽已中年，仍溢出青春的红晕脸儿和沉鱼落雁之容，真叫人羡慕不已。她乌黑的头发上结成一个髻，冠有大小花枝各12枝，左右各二博鬓，穿一件夏季的真红大袖衣，红罗长裙。

就在这时，杨太后的驾刚好到荔娘面前，荔娘激动地伸出手中的荔枝鲜汁，道："请杨太后尝尝！"

谁知杨太后实在口渴了，破例地伸出手来，从荔娘手里接过果水，一饮而干，说："好喝，爽口，这是什么果汁呢？"

荔娘听了，马上道："回杨太后话，这是荔枝鲜果汁。"

杨太后又道："辛苦，辛苦，你叫什么名字？长得很漂亮。"

荔娘又道："奴家叫蔡荔娘，杨太后多夸了。"

杨太后又细细看了蔡荔娘，点了点头，笑了。

但谁也想不到，小皇帝这时看到母亲正在喝果汁，也从銮驾里伸出头来，说："我也要喝。"

荔娘一听，连忙又传给小皇帝一杯。小皇帝接了，一口气就喝干了，可能太劳累了，太渴了，又说："再来一杯。"

荔娘赶紧又传递给小皇帝一杯。

杨太后见了，笑了，道："够了，够了，多谢了。"

说着，杨太后又上驾，被抬走了……

就因这事，蔡荔娘白日升天，第二天街道上马上就诌出一首顺口溜：

> 景炎五月皇帝来，
>
> 枫亭百姓齐欢迎。
>
> 不品珍馐不品果，
>
> 唯饮荔娘汁一盅。

从此，蔡荔娘的名声大噪，无人不知。

第四章

塔斗山风景特优美　吸引皇帝住在山脚
现存很多奇特传说　更加提高皇帝威信

　　赵昰小皇帝和杨太后到枫亭后，第一天晚上就驻跸在枫亭莫厝埔。莫厝埔在枫亭塔斗山前，麒麟山之麓，相传莫丞相家此，古以名埔。小皇帝在莫厝埔仅居住几天后，就正式搬到离枫亭塔斗山约 1000 米的仁王院里。

　　这"仁王院"在哪儿呢？据1670年的《连江里志略》记载："天王院，原名仁王院，后汉乾祐元年，普惠契泽建，鄂国公留从效舍田供奉，宋帝子南渡，驻跸于此，因改今名……附郑谊庵诗：古刹南山下，曾经幼帝过，天王名未改，佛子意如何，沧海半腰水，浮生转盼波，须知清净理，永世不消磨。"

　　根据上述记载和该志略中的"地属"记载，天王院原名仁王院，因幼帝曾在此居住，所以改名为"天王院"。该诗的大意是：古老的庙寺就在南边的山脚下，这里曾经住过年幼的皇帝，只是"天王院"的名字没有改，不知那些信佛的人是怎么想的，海中的山只露出一半，看见一去不复返的波浪，就像人漂浮的一生一样过去了，要知道清静安定的生活才是人生最正确的追求，这是一条永不磨灭的真理。

　　从这首诗里，可窥知小皇帝曾住过"天王院"，除此之外，也暗含着小皇帝被迫南逃在塔斗山脚下漂浮生活的艰难！

　　塔斗山三面平原，一面靠海。登上塔斗山，放眼朝东北望去，烟波浩渺的大海像一面大镜子，小岛屿与礁石点缀在万顷碧波之中，错落有致，或如蛟龙伏卧，或如少女婷立，或如海龟浮游海中。塔斗山上，树林繁茂，苍翠墨绿。若从远处看塔斗山，它温敦秀雅，海雾缭绕，风光旖旎，如黄山一般云蒸霞蔚令人陶醉。若拾级而上，众鸟翻飞，或长鸣如歌，或轻唱耳边，使人顿生心旷神怡之感。若再登上山顶，有一座建造于五代末期的古塔，叫天中万寿塔（也叫螺峰塔或青螺塔），站在塔边鸟瞰山下，有一种会当凌绝顶，一览众山小的感觉，把碧海青天的景色和枫亭的全景尽收眼底。正因为如此美观神奇，明朝诗人陈迁写《登塔斗山》一诗如下：

> 登是螺峰塔，浑如上九天。
>
> 八闽恒在足，四岳岂齐肩。
>
> 海跃龙鱼浪，山含虎豹烟。
>
> 读酣间览眺，景仰志前贤。

该诗的意思是：登上塔斗山的螺峰塔边，全身如上了天上一样飘飘然，好像八闽的大地就在自己的足下，四面的高山不是也和我的肩膀一样高吗？海在翻腾龙鱼在跳跃，山上的虎豹奔跑起了阵阵烟雾。看到痛快的时候从高处往远处望，我的心里仰慕着有才德的前辈。

当时少尹郑公琬也写一首《登斗山诗》如下：

> 晴日招寻步绝巅，白云深处有先贤。
>
> 斗山藏像千人仰，注疏传心万古灯。
>
> 道德源流皆有本，知仁动静各悠然。
>
> 好将此意个中会，莫认闲时学少年。

该诗的意思是：一个晴天的日子信步登上塔斗山峰顶，觉得在白云缭绕的深处出现了已经去世的贤人。在塔斗山上供奉的先贤塑像，很多人都在尊敬地仰望，他们注释的那些文书在世上万古流传，像不灭的灯塔照亮了我们的心。人的道德有一个起源和基本的准则，懂得这些准则和行为的人，品德自然就会高尚，应该把这种体会好好地思考一下，不要虚度光阴。

塔斗山半腰，有闻名的青螺书院和会元寺。青螺书院（后改为会心书院）创建于盛唐间，初为佛家弟子礼佛就读之所，后接收农家子弟入学。会元寺创建于唐永徽年间（650—655年），初名东禅院。清咸丰九年（1859年）扩建，改名为会元寺。现有天王殿、大雄宝殿、观音殿、钟鼓楼、藏经阁和僧舍等建筑物，占地3万平方米，寺中珍藏一尊缅甸僧人赠送的汉白玉雕释迦牟尼涅槃佛像，是福建名刹之一。

万寿塔位于塔斗山之巅，俗名青螺塔。塔形似阿育王的头冠，塔为方形5层实心结构，高7.4米，边长5.1米，基座用长方形条石砌成，第一层为须弥座，四角雕刻4尊大力士，四周雕刻8条蟠龙；第二层南北西三面刻有花卉浮雕，东面刻石碑文，边角雕4根东桵圆柱支撑；第三层有9尊浮雕佛像，角柱雕4尊金刚力士；第四层中间浮雕佛像，四角柱浮雕雷电金刚。各层边缘出檐处都雕有卷草花纹和莲花伏瓣组成的图案；顶为蕉叶合物轮顶。宋嘉祐四年（1059年），由蔡襄重修。蔡襄重修后，还在塔旁种了一些松柏。蔡襄少时登塔，曾写下一首壮志凌云的诗歌：

谁种青松在塔西，塔高松矮不相齐，

时人莫道青松小，他日松高塔又低。

后来，蔡襄在返老回乡后，一日同许稹又登上塔斗山万寿塔，有诗曰：

霜云明静海山偎，一岁登临始此回。

堂上寿尊淋琅满，栏边家菊似疑开。

故乡情味人生好，今日思荣使节来。

正是秋风洗烦暑，力将衰飒上高台。

该诗的意思是：云雾环绕的山上很幽静，我站在靠海的山上看风景。记得我幼年的时候就登过这里，今天又登上了此山。寺院灵堂上祭奠先人的东西排得满满的都快坏掉了，寺院外的菊花好像刚刚开放不久。还是家乡的风土人情好，现在想起以前的荣耀有什么用呢？我最终还是归老还乡了，不过凉爽的秋风洗去了暑热，即使身体已经衰老了，我还是想登上这座高山看一看。

如今已千年了，这些青松灭了又长，不管风吹雨打，仍然坚强屹立着。

枫亭的这座塔斗山，海拔只有 118 米，是枫亭境内海拔最低的山头之一，其他的如吊船山、后井山、西崩山等，海拔都在 600 米左右，但塔斗山地理位置特殊，历来为战略要地，因塔斗山前面两千米左右，就是闻名天下的关卡梅头岭，也是通往枫亭的要道，若封死了梅头岭高地，敌人就很难攻进枫亭，所以陆秀夫考察后，把皇帝安顿在塔斗山脚，风景既秀丽，又有利于防守，也有利于从海路撤退，是很有远见的。

赵昰小皇帝和杨太后住在仁王院，仁王院便成为朝见百官的临时地点。该院堂只有一层，院堂上排放着皇帝的座位，两边可供文武官员站立。因此，赵昰皇帝和杨太后在枫亭居住三个月的时间里，这仁王院就是中国宋朝末年的临时宫殿之一，赵昰皇帝曾在此发出四道圣旨（其中一道现存当地文化馆），成了宋末朝廷指挥军民抗元斗争的临时政治中心。

赵昰皇帝到枫亭，在百姓的心目中，他是至高无上、神圣无比的，大家都把他视为真命天子。把他的一言一行都看得无比神圣和神秘，以至在短短的时间内，就演绎出很多神奇的传说，现存的有：

传说一：小皇帝在莫厝埔祠堂居住时，刚到的第一天晚上，气候闷热，屋外四周田地里的青蛙叫个不停，吵得他烦躁不安，不能入睡，小皇帝生气了，就朝窗外大叫一声："青蛙不要叫了。"这众多的青蛙原是为了欢迎小皇帝的到来而使力大声鸣叫的，没想到反而惹得皇帝生气，顿时吓坏了，立刻屏声静气，不叫了。从此，枫亭田里的青蛙晚上叫，一感觉到有人走来，就不敢叫了。以后，别地儿的青蛙也这样，晚上叫的时候，有人走过来，就不叫了。从此，皇帝在枫亭住的这个地方，就叫作"静蛙村"。

关于这一传说，在1845年的《枫亭志》中也有记载如下："……宋末幼帝南渡，未驻天王院过此，闻蛙鸣叱之，令勿鸣，自是蛙不敢鸣，因名静蛙村。今蛙入此地者，皆噤不能鸣。"这在1670年的《连江里志略》中也有记载。

传说二：赵昺小皇帝和杨太后在仁王院住的第一个晚上，小皇帝累了，正想睡觉，忽闻屋外传来"万岁，万万岁"的声音。其实，这是今天小皇帝听"万岁"的声音久了，耳朵里所产生的幻觉，但小皇帝觉得奇怪，就出去查看，发现这声音是从屋外地里的花生叶瓣发出的声音，就道："老百姓喊万岁，你们植物也会喊啊，笑死人了！"花生们听了，觉得羞愧，赶紧把展开的叶子关闭起来。因此，从此全枫亭的落花生的叶子，到了晚上都是紧闭的，后来一传十，十传百，变成全天下的落花生，到了晚上，叶子都是紧闭的。

传说三：有一天，小皇帝想到海上玩，海就在塔斗山脚不足百米的地方，小皇帝上船后，忽然一阵大风把他的皇冠吹落海面，眼看就要沉下去，突然一条大虾蛄跃出水面，头上顶着那只金光灿灿的皇冠，游到船边还给小皇帝。小皇帝又惊又喜，要赏赐给它礼物，但皇冠是皇帝的象征，万万不能送人，于是，小皇帝顺手把身边一位大臣的帽子摘下来赐给虾蛄，可是，这只虾蛄根本不懂怎么戴，就将官帽套在尾巴上，就往海水中游去。从此，大海里的虾蛄统统长出了一个类似状元帽子的尾巴，自此枫亭的老百姓取笑说："虾蛄别做官，官帽倒头戴。"这"蹩"是莆仙的方言，就是"不会"的意思。这句古语从那时开始传出，千百年来，枫亭人现在还常用这句话取笑人。

传说四：小皇帝在枫亭时，有一次欲乘船到彭湖岛玩，船开到半路时，因为天气热，小皇帝口渴，忘记带水出海，而海水混浊苦咸不能饮，小皇帝一气之下，就把腰间的玉带投进海中，没想到，投下玉带的海水周围立即变做清澈透明甘甜的淡水，士兵们立刻把这淡水取给小皇帝喝，小皇帝一边喝一边高兴地说："好喝，好喝，这水比山上的泉水还好喝！"后来，人们就把这一带的海水叫作"玉带水"。这个传说在 1670 年的《连江里志略》中也有记载。

另外，《连江里志略》中还附有莆田一个名叫林楫的人，对"静蛙"一事很有感悟而写了一篇评论文，现也一并附给大家一读：

林子方夜读书，四壁蛙声嚷嚷，静而听之，隔庐有二老人，坐谈业儒者也。其一言枫溪旧有静蛙村，其得名以宋末祥兴帝播迁驻跸于此，夜闻蛙声而异之，令其勿鸣，而蛙遂缩舌至今。呜呼！稗官野史其有载及此事焉否耶？因不足辩其有无，然余因是有感矣！方其播越海滨，退避无宁日。追师蹑后者，则虎而翼；屈膝请降者，则狐而媚；而败军之将，丢戈弃甲者，则鼠而窜矣！君若臣凄凄于荒村旷野中；月朗星稀，怅啼鸟之三匝；潮鸣浪涌，博鹯鹩之一枝。帝虽幼，固有怆焉，心伤沾襟下涕者也，惊悸未宁，忽闻此声，乌知非渔阳之鼙鼓耶，乌知非月下之悲笳耶！鹤泪皆兵，楚歌盈耳，蛙犹无知，尚唧唧翻翻于帝之左右，宜帝之厌而不乐闻也。令其勿鸣，而蛙声以静。呜呼！宋家三百余年，养士之厚，一旦勤王诏下，不见有忠臣义士，为国家效力者。遂使播迁闽广，疆土日蹙，号今所及，谁知轮绋之尊。奉孱主之命，而区区一蛙独效顺而不违也，岂不深可叹哉！斯何地也，去海咫尺，过山万里，追兵伊述，旌旗蔽天，得以小儿，失以小儿，其视帝不啻井上之蛙耳！而二三臣子，坚守君臣之节，书大学以劝讲，颠沛不违；过丁洋两伤心，有死无二。军旅付之世杰，统军赖有师勇，六宫媚御，数万残师，犹依依一小儿而不忍去。嗟乎！物尚如此，人何以堪。卒至崖山不返，捐躯者不止数十万，向睹黄龙之祥，今逐波臣之队。国家兴亡，夫复何憾，独念凄凉旅舍，尚有效顺之鸣蛙，奋击帝舟，尚有从死之白鹇。禽鸟且然，而陈宜中乃兔脱兽散，尚何忍哉，尚何忍哉！予观世杰辩香之告，有宋之亡，似若天意，揆厥由来，实关人事。自杜鹃先鸣，桧花吐树，而南辕不复矣！迨于末年，恋西湖之鱼鸟，不闻思患预防；斗蟋蟀于葛岭，是为军国大事。跋扈之奸久蓄，彼屋之鸟已集，始于樊襄，徧于吴越，以底于亡，谁实致之也。维帝之生，适丁其时，听暇蟆而为言为私，不类晋惠之愚，聚萤火以辉谷辉山，又非隋炀之侈，赵氏块肉，普天共戴，予无乐乎为君。读诏书而皆泣，宜物类之有知，亦收声而卷舌。迄今三百余年，犹流连于田夫野老之口，而不能忘，良有以也。予每读史至斯，辄增叹息，偶闻兹语，百感交集，徘徊楼阁，长吁不已。但见星月争辉，孤灯微明，侍侧童子，低头而睡，而四壁蛙声，犹嚷嚷而未寂。

该文章的大意是：林子方夜里读书四面蛙声嚷嚷，静静地听着，隔壁似有两个老人，坐在一起谈论儒家学说，其中一个人说，枫溪以前有个静蛙村，他的名字的由来有个典故：宋朝末年的祥兴皇帝流亡到此，夜里听到蛙的叫声很奇怪，让青蛙不要叫，因此，青蛙缩舌到今天。嗨，什么民间传说和野史记载也有此事呢？因为不能辨别其到底有还是无，然而我因此有所感触！那时候，皇帝流亡海滨，逃避战乱没有一天安宁的日子。追赶的军队像虎狼一样紧紧地跟在后面，那些屈膝投降的人，像狐狸一样卑躬屈膝；那些打败了的军队，丢盔弃甲，狼狈逃窜了。皇帝和臣子一样凄凄惨惨地逃难在荒僻的村子野外，月朗星稀，鸟儿惆怅的鸣叫，而潮水的嘶吼和海浪奔涌，和那些水鸟在争夺一点点栖息之地。皇帝虽然年龄小，也是知道悲哀的，泪水顺着衣裳流下，惊慌不定，突然听到这样的声音，怎会不知道渔家的鼓声和月下的琴声一样呢？仙鹤的悲鸣也感觉是追兵，好像当年项羽听到楚歌那样悲切，青蛙什么都不知道，所以在皇帝的周围鸣叫，因为皇帝不喜欢听到这声音，叫青蛙不要鸣叫了，所以青蛙的叫声马上静止。哎呀，宋朝三百年了，国家对于那些当官的待遇丰厚，可是一旦保护皇帝的诏书颁布，却看不到有忠于国家的人，为国家贡献自己的力量，所以皇帝和大臣们流亡福建广东一带，国家的疆域日渐缩小，政策和命令所到达的地方，已经没有人听从了。但这孱弱的皇帝命令，却有微不足道的青蛙听从，这难道不值得深深地叹息吗？这是什么地方呢？离海很近，追兵翻越万里的山川越来越近了，那追兵的旗帜把天都遮住了，得到也是因为年幼的皇帝，失去也是因为年幼的皇帝，他们视皇帝还不如井上的青蛙啊！不过有那么两三个臣子，坚守君臣之道，写下《大学》那样的文章来劝告世人，就是流亡也不会改变他们的态度。如文天祥过零丁洋，那样伤心，除了一死并无所求。军队交给了张世杰，统领军队要依靠士兵的英勇，还有后宫的美人和几万的残余部队不舍得背弃皇帝而去。哎呀，事物尚且这样，何况人啊！死在崖山不能回家的人，不只是数十万人。以前有文天祥之慷慨赴死，现在有投海的人。国家兴亡大丈夫有什么遗憾的吗？只是感念在这凄凉的时候，还有恭敬和顺从皇帝的青蛙，有力地拍打皇帝的座船，还有跟随皇帝一起去死的白鹭鸟。那些野禽鸟类都知道这样做人，而陈宜中却像兔子那样逃亡了，还有什么是能让人可以忍受的呢？我看张世杰的说法，那宋朝的灭亡，好像是天意，其实这些都是和人有关系的。从杜鹃鸟的悲鸣和桧树开花这些事情看来，南宋的朝廷已经不会再存在了，到了末年，只知道眷恋西湖的鱼儿和鸟儿，听不到对未来忧患的思考言论。把在葛坡斗蟋蟀当作国家的大事，那些小人掌权已久，预示着灭亡的那些鸟儿已经聚集，从襄樊开始，到吴越，以及到灭亡，这到底是谁导致的？维护皇帝的生存，刚好碰到那个时间，听蛤蟆的声音，却不像晋惠帝那样傻，聚集萤火，却没有隋炀帝那样的奢侈，赵家的这个江山，普天下的人共同拥戴，我怎么不为宋皇帝的存在而高兴呢？读诏书而哭泣的，应该比那些忘恩负义的东西有良知，也闭嘴不说话。这个事件到现在已经三百多年了，还在乡间老百姓的口中流传，还没有忘记，很少有像这样的。我每一次读历史到这里，就会多一些叹息，偶尔听到这样的话语，都会无限感慨，在房间来回地走，长长地叹息。

第五章

百姓积极筹粮筹款　赶造武器船只支持
各地青年应征训练　荔娘组织姑娘鼓气

小皇帝和杨太后驻跸枫亭后，枫亭附近百村的百姓欢欣鼓舞，积极响应朝廷征集粮食和锻造兵器的号召。一段时间内，在陆秀夫的总指挥下，仙游县派来很多人协助枫亭驿，有步骤有组织地收取从莆田、仙游、永春、福清、惠安等地筹集来的几万石稻谷和大豆、小麦、大麦等农作物，装满了驿所内的所有仓库，并组织枫亭大批的人员，分几十个地点加工筹募来的稻谷、麦等五谷杂粮，生产成大米和面粉。然后，又将部分粮食加工成线面、干面条和兴化米粉等，以便于军旅士兵们食用。

在食品作坊里，县和驿署还调集来部分糕饼师傅，制作成甜食、饼干、糕点、蓼花、花生豆等便食。

另外，仙游县府和枫亭驿署，还遵照宋军征兵的需要，从附近莆田、仙游、惠安等地召集到上百名锻造兵器和造船的师傅，一起制造弓弩、刀剑、盔甲、火箭和战船等武器。

宋末士兵的武器，原由盐铁使掌管制作，当时的常规武器，以各种刀、矛、弓、弩、剑、箭、枪、棒、盾牌、甲胄等传统冷兵器为主。

其中弩有双弓床弩、三弓床弩、大合蝉、小合蝉等种类。床弩是将弩弓固定在木架上，一张床弩可装多只弓，用数人、数十人乃至上百人绞轴张弓，射程可达

500 米。床弩所用箭也特别锋利，射到城墙上，纹丝不动。

弓有黄桦、黑漆、白桦、床背等种类，以弓的拉力大小来分等级，制弓在治筋、黏结、选取弓材、弓节长短上都有严格要求。

箭分为弓用和弩用两种，有点钢箭、铁骨丽锥箭、木扑头箭、三停箭、飞羽箭等种类。床弩射出的巨型箭，射出后能钉入城墙，人可踏其箭杆攀援登城，则被称为踏橛箭。

宋代枪的形制比较复杂，骑兵用的有双钩枪、单钩枪等 7 种，以木为杆，上安枪头，下装铁鐏，马枪头部一般都有刺和钩的双重用途。另外，还有教阅用的槌枪、攻城用的短刀枪等。

甲胄通常只分成胄、护臂和身甲三部，身甲为山字形，融合了身甲和护腿，在肩背腰部绑紧，有铜铁锁子甲，光明细钢甲，山字铁甲等名目，材料分为铁、皮、纸三类。

盾牌，用木、竹和皮革制成，有步兵旁牌、骑兵旁牌和守城用的木立牌、竹立牌等种类。

在这短短的三个月里，枫亭和周边的老百姓造的弩有上百架，箭五万多支，双钩枪和单钩枪上千支，盾牌和甲胄上万副，有力地改变了宋军兵器不足的境况。

除此之外，在枫亭还造了上百艘战船，宋朝的战船，有海鹘船、无底船和楼船等。

海鹘是小型战船，其构造特殊，适合在近海作战，遇大风浪，仍能照常行驶。南宋嘉定年间曾制作的海鹘战船，船头装犁铧形冲角，船身装铁甲，称为"铁壁铧嘴海鹘"。由于原料一时获得困难，这海鹘船在枫亭只造了十来艘。

无底船，是南宋襄阳守将张贵创制的战船，战船当中无底，两舷有战板，宋元襄阳之战中，张贵以无底船百余艘，中树旗帜，军士立于两舷，加以伪装，敌军如不知情下跳下，就会落水被歼。由于这船制造容易，在枫亭造了上百只。

楼船，当时也有人叫楼舳舻。是甲板上有重楼结构的船只，甲方板上可行车走马，宋代的楼船上建楼三层，层层设女墙占格，外面蒙上皮革毛毡，是水军的主力船只。

但由于制造时间长，加上原料不足，在枫亭只建造了一艘供小皇帝和杨太后使用。这楼船长约5丈，船上建楼三层，有卧房、窗户和会客厅，船的外立面全部刷满油漆。陆秀夫看了，高兴地说："鸟枪换炮了，有了这楼船，皇帝再也不担心在海上受风侵、被雨淋了。"

另外，在朝廷盐铁使官员的指导下，枫亭还赶制了部分火箭、火枪和烟球。

火箭于南宋时开始用于军事，制作火箭时将火药包成球状或圆筒状，系在靠近箭头的杆上，点火后射向目标，以引起燃烧。

火枪，宋代运用纸筒或竹筒装上火药，系于长枪枪头下，临阵交锋时，点燃火药引线，火药筒喷射出烈焰和杀伤性碎片杀伤敌人，火药燃尽，仍可持枪白刃格斗。

烟球，宋时一种军用烟幕弹，称之为烟球，球内用火药3斤，战时以抛石机投射，或于城上以手投掷，投掷后球内烟雾四散，用于遮敌视线。

小皇帝和杨太后驻跸枫亭，还极大地鼓舞了枫亭附近民众抗元卫国的决心。连日来，朝廷在天王院招兵，仅在枫亭一地就召了六百多名，加上仙游、莆田、惠安等地，共招了新兵近五千人。这些兵员中，有青年人，也有壮年人，有农民、渔民也有学生，有未婚的年轻人，也有已婚的壮汉。这些家庭的父母和妻子，虽舍不得自己的儿子和丈夫离开，但为了抗元救国，毅然流着眼泪把自己的儿子和丈夫送上了战场。

蔡荔娘的同窗刘道义，就是这批应征报名的士兵之一。

这些青年，在国家危难之时，能挺身而出，敢拼敢死，如同给宋军输进了新的血液，使朝廷这颗心脏更加有力地跳动起来。

新兵们入伍后，塔斗山脚的平原地带就成了训练基地，新来的士兵们，个个高大威严，热情高涨，他们的习武格斗和作战演习，拔地摇山，使这个本来平静的地方顿时热火朝天，烟尘滚滚。他们杀气腾腾的怒吼声和"叮当叮当"刀枪的铿锵声，亢奋而和谐，组成了一支气势磅礴的交响曲，更显示出了士兵们热爱江山，抵抗元军的坚定决心。

为了缓解训练压力，县里还来了一批唱戏的，在晚上演出《杨家将》《岳鹏举精忠报国》等戏剧，宣扬忠国爱民，保家卫国的精神。

但比操练声更响亮、更吸引人的声音，是由蔡荔娘组织起来的姑娘歌舞队的声音。

为了鼓舞战气，鼓舞人们抗元救国的斗气，在这个时候，蔡荔娘和珍珠两人组织了一支由十二人姑娘组成的歌舞队，在这个歌舞队中，蔡荔娘的表演，更是玉树临风，绰约不群。她们翩翩起舞，娇媚可人，那袅娜的舞姿，随着一片欢乐的笑声跳动着；她们那优美的舞技，像湖水里飞起的一只只白天鹅一样漂亮；她们身体和双臂的摆动，更仿佛起伏的波浪，在田野中飞旋着，她们每一个举手投足，是那么动人和美丽，无不牵动着士兵们的心。

随着曲调的起伏，这时候姑娘们还会高唱：

锣鼓敲，螺角响，
抗元志士争先上。
英勇兵，齐上阵，
贼人哭爹又喊娘。

锣鼓敲，螺角响，
抗击热潮一浪浪，
保江山，卫国家，
男女老幼把贼挡。
……

姑娘们的歌声，感天动地，如行云流水般缭绕在塔斗山上空。精湛的表演，扣人心弦。围观的兵士和观众们，凝眸而视，比肩继踵，个个听得如痴如醉，无不击节叹赏，称赞不已，姑娘们的声音一停，顿时在塔斗山脚下响起欢呼声。

此时的蒲均文，不知什么时候也贼头贼脑地扎堆在人群中观看，当他看到蔡荔娘那千娇百媚，婀娜动人的热舞时，顿时销魂夺魄，眼睛贼溜，像猫儿见鱼鲜饭，垂涎欲滴，神魂颠倒，他恨不得把蔡荔娘马上抱回家。看得出，蒲均文对蔡荔娘的那股炽烈的劲儿，已像老房子着火，烧起来没有救了。

陆秀夫此时也蹑足其间观看，姑娘们跳完舞，陆秀夫啧啧称赞道："荔娘之召集力，吾不如也！真是后来佳器，雀窝里出了只金凤凰。"

第六章

挑水洗衣煮饭炒菜　荔娘帮忙士兵不停
秀夫生病荔娘照顾　达明从中欲搭鹊桥

　　蔡荔娘除了组织歌舞队鼓舞大家的抗元斗志外，在闲暇之余，还组织妇女给士兵们煮饭、炒菜。宋军到枫亭，士兵的伙食用灶都是搭在树下、屋檐下和背风的地方，生活都很苦。吃饭的时候，一声哨响，大家盛了饭都站着或端着吃。饮用的水和洗碗的水，都是从井里打来的。为此，荔娘们看在眼里，难受在心中，便不停地替士兵们挑水，帮炊事班的士兵们洗菜、炒菜，士兵的饭后用碗，姑娘们也争着替他们洗，士兵们非常感动，都说："有蔡荔娘和姑娘帮助的时候，他们有饭没菜也吃得饱，因为心里开心呢。"

　　士兵们整天忙于训练、站岗，天气又很炎热，大家都流了很多汗。傍晚的时候，士兵们要么就到溪里去洗澡，要么就在井边用水冲洗身体。荔娘们又组织姑娘们帮士兵们洗衣服、晒衣服。总之，在这特殊时期，士兵们忙，荔娘们更忙，凡是能帮的事，荔娘们都争着主动去帮忙。杨太后知道这些事后，说："蔡荔娘美行佳人，妙龄驰誉，是个很难得的好姑娘啊！"

　　小皇帝和杨太后居住在莫厝埔祠堂，但祠堂附近只有几间民房，住不了几个人，因此，官员们只能分散着住在离祠堂大约半里路远的枫亭街上。此时的陆秀夫就居住在枫亭连江里的活水亭。

活水亭坐落在枫亭兰友街向北方向的一百米处，为上下层楼结构，于南宋末年建造，亭宇两侧各有一口方圆数丈，深近一丈的池塘。亭周边用豆青色的石块砌筑而成。两塘均有一座石拱桥加扶栏通往的亭宇。塘里的水自赤湖蕉溪涓涓而来，久旱不涸，故曰：活水亭。

活水亭为石木架筑结构，底部竖立六根圆形花岗岩石柱，其一石柱上镌刻：

蕉溪鳌海通湄屿，活水芙蓉绘锦屏。

石柱上面立着与石柱相仿的圆木柱，圆木柱再架上纵横交错的横梁杉木，亭宇透空，呈八角塔形。亭内顶部呈圆锥形，亭中部八角横木各装上吊栏，整座亭榭造型精致雅观，飞檐重阁，鎏金烫彩，雕梁画栋，独具匠心。

活水亭池塘四周种植荔枝，浓荫蔽宇，幽然入胜，岸边的桃柳葱郁茂盛，绿叶遮阴。其间有一个花园，栽植菊花为篱笆，中间栽有迎春、石榴、玫瑰，再就是月季、丁香、米兰和茉莉等花。园中假山怪石叠翠，翠绿草坪茵茵，犹如身临阆苑之地。另有各种各样花卉，怒放争艳，开遍园内，花丛旁有垂钓的去处，因此，史称活水亭有江南小园林的风貌。

活水亭在明中叶毁坏，夷为平地。民初，高廊刘姓族人在遗址建造刘祠大厝，门前的石柱上镌刻两对楹联，分别是：

陆相旧池仍活水，刘郎新阁复燃藜。
屋外屏山青环藜阁，源头活水翠挹蕉溪。

此为历史见证物，部分遗址今犹存。

活水亭在枫亭驿中心，而驿署和蔡日忠的住房亦在枫亭驿中心。所以，陆秀夫、陈达明和蔡日忠三人，几乎每天晚上都会聚集在活水亭，成了契合金兰，无话不说的好朋友，人们都称他们三人是"活水亭三兄弟"。他们三人时常在活水亭灯下觥筹交错，边饮边聊，纵谈天下事。

陆秀夫全身心地投入朝廷事务，一日甚忙，白天要到皇帝住处商讨军国大事，一般中午和傍晚也在朝廷用餐，晚上才能回活水亭。盛夏的太阳热辣辣，际秀夫来回快步走路也要半个时辰，所以到家都是汗流浃背，但回家后，生活之事，事事都得亲力亲为，洗澡之后还得自己洗衣服，很是辛苦。

有天晚上，陈达明和蔡日忠又来到活水亭，见陆秀夫还在忙着洗衣服，心里很不是滋味，因为陆秀夫为了国家日无暇晷，晚上回来还得自己干杂务，这实在太劳累了。因此，蔡日忠便回家叫蔡荔娘来帮陆秀夫洗衣服，但陆秀夫不让，说他已习惯了这种奔波的生活，要自己洗，最后在陈达明的劝解下，陆秀夫才让荔娘去洗了，但他仍坚持把自己的犊裤抽出来另外浸泡，要自己洗，说让荔娘洗不礼貌。蔡荔娘是个很懂事的女子，知道陆大人是羞于男女有别，还是笑着把陆秀夫的犊裤一齐带走，到邻近的井边去洗。从此，蔡荔娘白天在歌舞队里忙，帮士兵挑水煮饭，晚上回来，必定要到活水亭帮陆大人洗衣服，衣服洗完晒干后，第二天荔娘又把衣服折叠得整整齐齐，放在陆秀夫厅上的椅子上，这使陆秀夫省了不少家务之劳。

这天，由于天气太炎热，活水亭处却很是凉快，陆秀夫晚上没有盖被单感冒了，而且病得不轻，不但咳得不止，还发烧不退。这下陈达明和蔡日忠急了，他们赶紧请了郎中为陆秀夫把脉开药，三餐的伙食和熬制中药这事儿，都由荔娘来做。荔娘不愧为一个好姑娘，每天除了做陆秀夫爱吃的饭菜外，还把熬制的药汤端到陆秀夫眼前，看着陆秀夫把药喝下去。这使陆秀夫很感动，他说："荔娘比我的妻子更懂得照顾我。"

陆秀夫的话，使陈达明马上产生了想法。是的，陆秀夫现年四十一岁，家住潮州，家中有母亲赵氏，妻子赵氏，姜倪氏，还有三子八郎，四子九郎，长子繇，长媳周氏和一幼女，由于繁忙的朝廷事务和不断的战事，陆秀夫很少回家，他们也无法跟随身边。要是在朝廷的话，陆秀夫有固定住处，还有丫环帮忙，如今动乱奔波，就是有丫环照顾，也没有地方居住。因此，陈达明心想，要是陆秀夫在这非常时期，身边有个妾子帮忙，该多好。想到荔娘已经十七岁了，已到了标梅之年（古时称可以出嫁的年龄），每天到此帮助，手脚勤快，热情有礼，对陆秀夫关心有加，而陆秀夫对荔娘的印象也很好。看到荔娘忙里忙外，陆秀夫眼中总是脉脉含情，陈达明便想，要是搭个鹊桥，让荔娘和秀夫配成一对，这多好。

于是，陈达明趁蔡日忠不在的时候，向陆秀夫说了自己的心意，没想到陆秀夫笑了，说："不行，不行，我是有妻之夫，不能做了皇帝要做仙，要知足呀！且我与荔娘相差二十四岁，会诒人口实的，再说，时下正值战乱之时，吾随时有献身之可能，若成亲了，以后荔娘要是成了寡妇，确过意不去，不宜也，不宜也！"

陈达明说："现时一妻多妾，大有人在，合时合理，何乐而不为呢？何况你是朝廷重臣，再娶个妾，通常之事也，再说你久历戎行，妻不在身边，少了中馈，没人照顾生活，若荔娘能成亲，这不是很好吗？现在战乱，民心向宋，结局如何，尚无人知，万乘之国，摧之何易？何必担心这些呢？若日忠应允，为何要推却呢？"

但陆秀夫还是说："不行，不行，不宜也。"

陈达明很想做成这门亲事，第二天，便到日忠家谈起此事，日忠也很同意这门亲事，因为蔡日忠知道，陆秀夫的夫人是名门闺秀，温文尔雅，娴淑贤惠，结发拜堂多年来，双方感情深厚，但由于国事繁多，日夜奔波，陆秀夫只能把夫人放在家中侍候老母，养育子女，相处时间甚少。而陆秀夫为人忠贞正直，温和敦厚，处事坚毅果敢，条条有理，使他很佩服，若给女儿寻觅到一个这么可信赖、放心的人，也是自己的心愿和责任。再说，陆秀夫身系万民，日理万机，是一个国家社稷的顶梁柱，但他现在却孑然一身，身边竟无一个贴心人照顾他，呵护他，每当这个时候，蔡日忠心中就想到荔娘，但他不敢轻易开口，只是两人的身份、地位、年龄相差太大，陆秀夫同意吗？因此蔡日忠就迟迟不肯轻言，但没想到陈达明却先开口了，蔡日忠便说："我答应，但要等两天，待我跟老妻和荔娘明说了再决定，也不知陆秀夫的心意如何？"

陈达明说："好，好，两天就两天，陆大人的事包在我身上。"

这天傍晚，蔡日忠便把此事向夫人杨氏说了。杨氏和蔡日忠中年得女，三十多岁时杨氏才生了荔娘，如今杨氏五十岁了。十七年来，他们始终把荔娘当作掌上明珠对待，舍不得让她出嫁，但听日忠这么一说，她想成熟的瓜要落蒂，长高的树要分丫，荔娘也得嫁人了，却又想，陆秀夫年龄与荔娘差二十四岁暂且不说，只是陆秀夫若能长久当官到老，那当然好，但问题是，陆秀夫现在是跟皇帝南逃的臣子，要是宋朝被元军灭了，荔娘不是也成了罪人？那该怎么办？于是，她背着日忠，偷偷到三妈宫去。

到了三妈宫后，她烧香跪拜问话之后，就抽了签，一看，签上写道：

牛郎织女是神仙，阻碍银河路浩然，

全年夫妻七夕会，一旦荣华梦中醒。

她吓得发抖了一下，顿时自言自说道："糟！签不好，福禄无，嫁不可！"

于是，她去洗了下手，又来抽一根签，签上写道：

黄花结子一半枯，堪叹今年运未通，

日落西山渐渐去，劝君不必问前途。

她再看了解说，又自言自语道："不行！还是福禄空，婚不可！"

回到家后，杨氏不敢说去抽签，只是对日忠说："我听颜氏家训说，'婚姻勿贪势家'，要不，等等再说吧！"

但日忠却很想成全这桩婚姻，有点生气，说："人家是德高望重的朝廷重臣，要不是荔娘是青螺书院学子，要不是我们跟颜之推的家族一样的家风，陆秀夫还不要呢！"

听了这话，杨氏自然不敢再说什么了，只是说："好，好，你主张好了。"

不久，荔娘回来了，日忠即把此事对荔娘说了。荔娘听父亲这么一说，顿时脸色绯红，手足无措，又惊又喜，也没说什么，不好意思地退到自己房间去了。

隔了一会儿，杨氏就到荔娘房间去了，她和荔娘说了一会儿，荔娘的脸上泛起羞赧的红晕，终于开口说："小女是民间凡人，陆大人要吗？"

荔娘虽没有直接答应，却把心迹表露无遗，蔡日忠夫妻明白荔娘对陆大人是心香一瓣，便不再追问荔娘什么了。

第七章

均文欲重金娶荔娘　荔娘死活不肯嫁给
杨太后赐婚陆秀夫　三梦成真终于订婚

　　说来也巧，正当陈达明想把荔娘嫁给陆秀夫之际，蔡日忠家来了一位媒妁，说是受蒲均文之请，特地到蔡家来求亲。但家里只有蔡日忠夫妻在，荔娘刚好出去了。

　　这位媒妁是蒲均文的堂姐，年龄三十多岁，个子不高，白馥馥一张面皮，打扮得花枝招展，珠翠满头，穿戴趋时，名叫蒲金花。她仗着蒲均文的势力，常驻在枫亭太平港做捎客，即靠转手或介绍买卖货物从中赚取佣金为生，因此，蒲金花对枫亭一带的地理民情相当熟悉。

　　蒲均文长得五大三粗，个子有一米八，浓而粗的眉毛，深深的眼窝，厚厚的鼻翼，留着长头，八字胡，夏天脱去上衣，胸部露出一撮撮浓而黑的长毛。他虽未正式结婚，却是枫亭几个妓院的常客，还经常公开带妓女到他家里睡觉，是枫亭有名的花花公子，枫亭街上常有他的绯闻传出。

　　蒲金花说："我家蒲公子看到荔娘长得貌美如花，玲珑有致，清丽脱俗，心仪已久，这么多天来，他不能吃，不能睡，总想把荔娘娶回家，结成百年之好。依我之见，蒲公子要风得风，要雨得雨，要圆就圆，要扁就扁，以他的势力，还怕娶不到老婆吗？既然他现在看中了荔娘，你们就答应好了，你们答应后，蒲家明天会挑来绫罗绸缎，珠宝首饰，金条银锭彩礼来定亲，若成亲了，荔娘将享受终身，不但吃的是海鲜珍馐，穿的是丝绸缎衣，住的是琼楼玉宇，还有花不完的金山银堆，如想到仙山琼阁去玩，蒲公子说都会答应的。蒲公子说，若成婚，婚后保证让荔娘恣情享受，鲜衣美食，过上荣华富贵的生活。"

对于这突如其来的求婚，蔡日忠夫妻都感到愕然。他们虽然知道蒲均文在枫亭的势力和财富，但他们也知道蒲均文的为人，因此蔡日忠说："蒲公子的一片心意我们知道，只是荔娘这两天正在与人说和，不知结果如何，此事只能推迟，今天不能答应。"

蒲金花说："哎呀！父母之命，媒妁之言，只要你们父母看中谁，一答应，不就成事了吗？"

杨氏说："我们虽是父母，但女儿已经长大，我们父母决定，也要女儿答应才行啊！"

蒲金花说："我家蒲公子的情况你们不是不知道，他能看上荔娘，这是荔娘的福气，是你家烧了高香，你们想想，在枫亭，还有谁家的家财比得上蒲公子，蒲公子既然已经开口，还有谁家的汉子敢和蒲公子争呢？不怕得罪蒲公子吗？好了，还是答应吧，两天就两天，再两天给我个准话来。"

说着，蒲金花就走了。

这天傍晚，荔娘回家了。蔡日忠急忙把蒲均文托人来家求亲之事，向荔娘说了。荔娘听完后，目光灼灼地看着日忠，说：

"我不会嫁给他，俗话说，人的名，树的影，名誉值千金，家财如粪土。蒲均文是个游荡公子，整天泡在妓女堆里舞衫歌扇，酗酒滋事，每天街上都有他眠花宿柳的绯闻，恶名昭著，认识他的人都知道，他是一摊粪，一个子儿不值的人，我怎么会嫁给一个顶风也能臭出十里地的人呢？再说，这种人朝三暮四，喜新厌旧，说不定结婚两年，他又要另找新欢，我何苦呢？虽说他现在财大势雄，他父亲掌管泉州这个大港的对外贸易，但这是宋朝廷授予他闽广招抚使和泉州市船司提举之职的结果，倘若有朝一日他家的职务和权力被废除，他家的财产，用不了几年就会被蒲均文这败家子挥霍得干干净净。另外，从蒲均文那天对抗元救国默而不言的态度中，我就感觉到他不是站在宋朝这边的人，与我们冰炭不相容。我不忮不求家财万贯，也不忮不求高官厚爵，但求嫁给一个志气相同，有抱负的男人，当今国难，民殇之时，我只愿意嫁给为国为民赴汤蹈火的英杰，爱国爱民的忠义之士，即使他最后为国献身，也会芳留百世。所以，嫁给陆大人，我同意，嫁给蒲均文，我不干。"

女儿在这终身大事上，心里自有准儿，既然荔娘说得这么直白，蔡日忠和杨氏听了，也就不说什么了，因为他们了解荔娘的志向，相信荔娘的眼力，清楚荔娘的理想，荔娘的心，只是"小来思报国，不是爱封侯"，更不是向着有万贯家产的蒲均文，而是向着忠诚为国为民的陆大人啊！

女儿荔娘的亲事，近两天来深深地印在蔡日忠的头脑里，挥之不去，没想到，这天晚上，蔡日忠在天快亮时稍一合眼，竟做了如下一个梦：

荔娘身穿一件红袍，头上盖着一块红缎布，把整个脸面盖得严严实实，正由珍珠陪伴着，缓缓地进入活水亭楼房中，片刻后，珍珠退出来了，陆秀夫进去了，他缓缓地把荔娘头上的红缎布揭开，笑着对荔娘说："夫人，我们终于入洞房了。"霎那间，荔娘露出那美丽的笑脸，眉眼含羞，慢慢地依偎在陆秀夫的胸前，说："大人，妾身现在什么都是你的……"

梦到这里，日忠突然醒过来了，这是在做梦吗？抑或是上天的安排呢？蔡日忠再也不想睡了，他一骨碌地就爬起床。

日忠和陈达明是无话不说的好朋友，天没亮，就匆匆到陈达明住处，并告诉了他昨天晚上怎么会做一个这样的梦。

陈达明听后说："什么，你也做荔娘和陆大人结婚的梦？怎么这么巧呢？我昨天晚上也做了这样一个梦。"

于是，陈达明把昨晚梦见蔡荔娘与陆秀夫成亲的事也讲给日忠听：

荔娘身穿一件红袍，头上盖着一块红缎布，把整个脸面盖得严严实实，正由珍珠陪伴着，缓缓地进入活水亭楼房中，片刻后，珍珠退出来了，陆秀夫进去了，他缓缓地把荔娘头上的红缎布揭开，笑着对荔娘说："夫人，我们终于入洞房了。"霎那间，荔娘露出那美丽的笑脸，眉眼含羞，慢慢地依偎在陆秀夫的胸前，说："大人，妾身现在什么都是你的……"

日忠听后说："什么我们两人的梦会做得一模一样呢？既是如此，我决定马上把荔娘嫁给陆大人。"

陈达明说："若荔娘配给秀夫，一个牡丹，一个绣球，真是天生的一对啊！只是陆秀夫还是犹豫不决，趁今天早上我去朝见杨太后，顺便提起此事，请杨太后来玉成此事吧！"

日忠说："好好，有道理，看杨太后的意思如何？"

这天早晨风和日丽，天光融融，日忠即回家吃了早饭和陈达明一起去叩见杨太后。

在朝廷上，陈达明在向杨太后叙述了这几天来枫亭募集粮食和造船的情况后，即向杨太后说："小人还有一事，不知该不该说。"

杨太后说："说吧。"

陈达明随即说："陆秀夫家属在广东潮州，身边缺少体贴照顾的人，我想把蔡荔娘配给陆秀夫做妻妾，你看如何？"

杨太后说："这事实在巧合了，我也想，陆秀夫是社稷之臣，长期为我大宋朝政不辞疲倦地操劳，但身边妻子不在，如能为他遴选一位合适的女子，该多完美。更碰巧的是，我昨晚不知怎了，突然做了蔡荔娘和陆秀夫结婚的梦，今天你就跟我谈起此事来了。"

陈达明说："什么？杨太后昨晚也做荔娘和陆秀夫结婚的梦？"

杨太后说："是的，我梦见荔娘身穿一件红袍，头上盖着一块红缎布，把整个脸面盖得严严实实，正由女友陪伴着，缓缓地进入活水亭楼房中，片刻后，女友退出来了，陆秀夫进去了，他缓缓地把荔娘头上的红缎布揭开，笑着对荔娘说："夫人，我们终于入洞房了。"霎那间，荔娘露出那美丽的笑脸，眉眼含羞，慢慢地依偎在陆秀夫的胸前，说："大人，妾身现在什么都是你的……"

陈达明说："太巧了，太巧了，我和蔡日忠昨晚也做了一个和杨太后一模一样的梦。"

杨太后说："真的？既是如此，就叫他三梦成真吧，哀家就来当这个红娘！只是，日忠答应吗？荔娘呢？"

日忠随即说："回大人话，日忠能有这么一个女婿，足矣，荔娘我问了，她答应了。"

杨太后慨然应允，说："好，好，我今天就玉成此事。"说罢，就派人去叫来陆秀夫。

杨太后开门见山地对陆秀夫说："哀家今天想当个你的红娘，把蔡荔娘配与你做姜子，如何？"

陆秀夫一听，顿时两只手连连摆动，说："不可，不可！"

太后不解，忙说："才子佳人，珠联璧合，为何不可？荔娘是个百里难挑一的名媛，生得漂亮，为人正直，知书达理，谈吐娴雅，活泼可爱，是个贤德女子，怎么会不合汝之心意呢？"

陆秀夫急忙说："太后说得对，荔娘聪慧灵秀，才貌双全，我慕之敬之，只是她碧玉年华，风华正茂，而微臣年已过四十，再者，微臣已有妻室，荔娘乃黄花闺女，做妾可惜也。现在，国难当头，大敌当前，微臣随时有为国献身的可能，今后荔娘要如何办呢？"

太后听后，笑道："荔娘年轻，你亦正当茂年，谚语道：人到四十五，好比出山虎，可你还不到四十五岁呢，非不宜也。虽有妻有妾，通常也，你碌碌半生，身边有个妾女照顾你，不是更好吗？国难当头，大敌当前，更需要团结一致，共同应对，共同治乱，谁说大宋到此就必败呢？再说，陈达明为媒，日忠和荔娘都答应，你能说不吗？今天，这事就由哀家做主，特赐成婚，但百里不同风，千里不同俗，除了订婚和婚礼免不了，一切从简，明日订婚，后天结婚好了。"

杨太后既然这么说了，婚事也就这么定夺了，陆秀夫虽然还有许多不安，但还是恭恭敬敬地拜谢了杨太后，说："好，好，我遵旨结婚。"

这就是枫亭民间流传的"三梦成真"的故事。杨太后"赐婚"一事，在历代的《枫亭志》中均有记载。

第八章

陆秀夫和荔娘成婚　按杨太后意见从简
婚礼举行皇帝观看　秀夫荔娘各自献诗

杨太后特赐陆秀夫和蔡荔娘成婚的消息，不久，就在枫亭传开了，人们奔走相告，大声叫道："杨太后特赐陆秀夫和蔡荔娘成婚了，杨太后特赐陆秀夫和蔡荔娘成婚了！"

顿时，枫亭沸腾了，不过一天，这消息立刻就传到仙游、莆田和惠安县等附近的县。

按枫亭的例，男女结婚要按流传下来的古例操办，要经过"相亲""定亲""挂脰""定日""催妆""迎亲""交拜""出厅""闹房"等步骤。

"相亲"。旧时子女未成年，父母就命媒说亲，一经中意，双方就登门相亲，看房屋，如果吃下对方煮的鸡蛋、线面，就算婚事说成了，接着双方就商量聘金、嫁妆和彩礼。

"定亲"。双方说好条件之后，男方就备办"蓼花""石榴包"送到女方，女方父母就把这些礼品分赠给亲友邻居，让大家知道女儿已经许人了。

"挂脰"。就是正式订婚。由男方选择吉日，备办肉、酒等礼物两盘盒送到女方家。挂脰的仪式就是把金戒指、手镯等贵重物品套在新娘的手上，又把用髻线和银圆编成的"银饼"或"项链"挂在新娘的脖子上，女方收下盘礼和部分聘金后，要以凤雏（鸡蛋）、长命（线面）、五谷种回盘。

"定日"。就是男方把择定的婚期写在红纸帖上送到女方家，男女双方开始择吉日裁衣。

"催妆"。也称"起轿脚"。即在婚期前两天，男方就按商定的礼品项目和数量，一项也不能少，用礼盘全数送到女方家，礼盘多的，有八个。礼盘里面装的是"红团"、白糕、线面、"水龙"、髻饼、肉、猪脚等东西，重达百余斤，另外还要有炮烛。聘金到这一步骤要全部交清。

"迎亲"。即迎亲前夕，新郎新娘都要"绹头"、沐浴斋戒。新娘的绹头是"开脸"（用细绳绞去面上的汗毛）、梳妆、缚高髻。新郎只剪发、剃脸，戴上礼帽，并在礼帽上扎一圈红髻线，插上两朵红花，身穿长衫马褂。迎亲的早上，男方要用红轿或花轿、彩旗、十欢八乐队去迎亲。

"交拜"。就是拜堂，即新娘轿到新郎家门首，新郎的翁姑兄嫂要回避，熄灭灶膛的柴火，旧俗说是"新娘入门无火气，亲人不犯轿头冲"，以后全家就会和睦相处。新娘下轿后，要由媒婆和两个小孩引导到厅堂入房间，等候交拜。但交拜新郎方要经过"三次请"，即第一次由媒婆用新娘前天给新郎的香帕请；第二次由新郎用新娘给的香扇请；第三次由新郎用给新娘的戒指请后，新娘才出厅，并在"大乐"声和鞭炮声中开始拜堂。

"出厅"。即新娘由新郎、"花女"（即女傧相）和媒婆共同引进洞房后，新郎在媒婆的引导下用扇子把新娘的"幔罩"向上搅了三下，新娘才卸下幔罩，脱去外衣罩，接着梳妆，涂脂搽粉，围上珠屏，插上金银首饰和红花，然后在媒婆的陪同下慢步走进厅堂，行"出厅礼"。出厅礼毕，新郎新娘由媒婆引见拜见翁姑和前来贺礼的长辈亲友，受拜的人都要回敬红包，俗称"压拜"。

在完成以上步骤后，接下去就是"闹房"了。

"闹房"。就是"闹洞房"。即与新郎相好的朋友，组织孩子一行十余人，为首的手里提一对"孩子灯"，捧"孩子盘"，盘中放着骑着麒麟的小孩塑像和用朱红写有字的银圆，欢欢喜喜拥进洞房，然后步骤是：

第一，喝四句赞。即由孩儿班中选出两人，一进入洞房，就一喝一赞，如：

捧上孩儿入洞房，今夜淑女配才郎。

房中一对鸳鸯舞，犹如于飞两凤凰。

第二，撒帐。即把五谷种和铜钱等物，一把一把地撒向床铺，让床头的一群孩子争抢，用于象征子孙昌盛。撒帐时，大人的诗赞是千年流传的诗句：

"撒帐撒帐东，花烛庆洞房，今宵鹊桥会，洞门今夜通。撒帐撒帐西，一对好夫妻，佳偶成凤缔，鸾凤碧梧栖。撒帐撒帐南，三更齐笑谈，一刻千金里，花好月圆间。撒帐撒帐北，新娘喜聪聪，大家齐笑说，淑女配才郎。"

有的撒帐也用"成婚赋"来唱赞。

第三，出灯，即"出丁"，这是闹洞房的一出趣剧。即持灯的孩子把"孩儿灯"高高举起，让新郎抱着新娘去接灯，将要接到时，孩子又把灯提高了，弄得新郎气喘吁吁，引起洞房里的人哄笑。

第四，做经文。吃完喜酒后，先由孩子们回到新娘房间来做经文。内容是对对子，答谜语，解活结，唱歌等。如果做不来，答不出来，新郎新郎则要被罚分蓼花、瓜子之类的果品。

第五，掩房门。闹洞房至深夜结束，然后念四句赞。如：

经文做好出兰房，今宵织女会牛郎。

颠鸾倒凤情意好，卿卿我我到天亮。

或者是赞，

掩房门，笑嘻嘻，生贵子，麒麟儿。

然后掩上房门，由新郎与新娘一起吃"进房面"，才算结婚完毕。

当然，在闹洞房前是办婚宴，婚宴办多少，由家里的财力和来往的亲戚朋友多少来决定，一般是几桌、十几桌、几十桌不等。

但陆秀夫和蔡荔娘的婚礼，由于陆秀夫是外地人，而且是在特殊时期，只能遵照杨太后"一切从简"的明谕办。

第二天早晨，陆秀夫、陈达明和三位杨太后派来的丫头，身穿民间新衣新裤，戴着一枚戒指和一锭金条，到蔡日忠家来求亲。

蔡日忠全家早早在家中等待，见陆秀夫一行到来，忙迎上去，只见陆秀夫恭恭敬敬地叩谢了蔡日忠和杨氏，谦恭地道："多蒙蔡岳父、杨岳母关照，使鄙人又娶得爱女荔娘。"蔡日忠和杨氏高兴得不知所措，只是不断地说："快婿，免礼了，快婿，免礼了。"片刻，陆秀夫又从盘中拿出一锭金条，亲手交与蔡日忠，亲和地道："一点心意，望大人接纳。"蔡日忠喜出望外，拱上两手接过，说："足矣，足矣！"

此时站在旁边的荔娘，打扮得整整齐齐，微笑着用一双闪亮的眼睛，细细地看着陆秀夫，此时的陆秀夫，看着荔娘那天真、漂亮的脸蛋，拿起随身带来的戒指，对荔娘道："秀才人情而已，愿以此一戒指为定，使妾藏之异时，以表今日定婚之情。"荔娘即伸出手指，秀夫给她戴上。荔娘说："两心既坚，缘分自定，若得与两人偕老，平生之乐事足矣。"秀夫道："但愿如此，但愿如此。"荔娘又道："妾今日定缘之时，还有一事不知该不该讲。"秀夫道："该，该。"荔娘即拿出一块红布和笔砚，莞尔而笑，道："请君作诗一首，亲笔题于布上，与妾留念。"秀夫笑了，道："愿留一诗，敬之，敬之。"于是，陆秀夫即挥笔书写起来：

娇蕾正艳活水亭，

香馥华升商贾庭。

得幸入得可称岳，

便成百岁好连襟。

众人看了，道："好，好，涉笔成趣，好诗也。"荔娘看了，又含羞又高兴地把它挂起来待干。

这天晚上，杨氏叫来三位邻居帮助缝制荔娘的婚衣，直到天快亮时，荔娘的婚衣和婚鞋才匆匆赶好。杨氏对邻居道："我们荔娘终于找了个心仪的女婿，我们夙愿得偿，可以放心了。"

第二天上午，吹唢呐的班子和抬花轿的伙夫来了，随着一阵激动人心的必必剥剥鞭炮声后，荔娘坐上了花轿，珍珠作为荔娘的伴娘，跟随在轿后，准备行程。杨氏和蔡日忠等几位邻居，不停地向前来围观孩子和大人们分享糖果。

不一会儿，唢呐声四起，四个轿夫平平稳稳地把花轿抬起。这时，荔娘被铜锁锁在花轿里，身穿着大红衣裳，头发已盘上，头盖红布。就要起程了，荔娘却突然揭开红布，看着日忠和杨氏大哭起来。是的，从这里到活水亭，虽只有百步之远，但想到现在就要结婚了，就要做新娘子了，就要从父母亲身边离开，就要同既熟悉又陌生的陆大人在一起，想起来，既高兴，又害怕，能不哭吗？

蔡日忠和杨氏看到女儿哭，顿时眼泪也出来了，真是肠里出来肠里热。蔡日忠夫妇中年得女，对荔娘疼爱有加，十七年来像明珠一样捧在手心，平时小心翼翼地呵护着她，培养她，直到如今成人了，就要出嫁了，想着，想着，做父母的能不流泪吗？

随着几声劈里啪啦的大鞭炮声响后，轿子终于抬走了，珍珠和参加迎亲仪式的人也跟在轿子后面一齐出发了。

今天的婚礼，就在活水亭。活水亭内房屋的长、宽各 1 丈 4 尺，两层木架结构，周边是厅和走廊，当中就是两层的小楼，今天新娘的洞房，就设在活水亭的楼房上。活水亭今天也被布置得焕然一新，整个亭都张灯结彩，喜气盈盈，亭正面的柱子上张贴了对联，写着：

大宋朝英豪才女结对枫慈溪
景炎年秀夫荔娘成婚活水亭

横批是：天赐良缘。

中午时分，陆秀夫办了两桌酒席，请了蔡日忠一家及近亲，还有陈达明驿长和伴娘珍珠等人。

晚饭后，夏日的余晖还是把枫慈溪映照得金光灿烂，活水亭里里外外尽是来祝贺和围观的乡亲和孩子们，熙熙攘攘，热闹非常。

突然，有人高呼："皇帝驾到！"

顿时，人群都自动排到两边跪下，高呼："皇帝万岁，万万岁！"陆秀夫和蔡荔娘原本站在活水亭的大厅当中，听到高呼声，知道是皇帝和杨太后也来参加婚典了，两人匆忙跪在地上，迎接皇帝。不一会儿，小皇帝和杨太后到来，还有几位朝臣随行。众人把小皇帝扶持在活水亭厅中的一把椅子上，小皇帝两边的椅子坐着杨太后和朝臣们，官民同堂，老少咸集，有坐的，也有站的，厅内闹腾腾的，人们摩肩接踵一直排到厅堂的门口。活水亭园内四处也都是人，大家喜气洋洋地共同参加陆秀夫和蔡荔娘的婚礼，共同见证枫亭千年历史上这一难得的盛事。

典礼开始，首先是陆秀夫和蔡荔娘跪拜天地，继拜皇帝，再拜高堂，夫妾对拜，完毕，陆秀夫身穿一件宽大的民间紫色衣衫，头戴高而方正的巾帽，蔡荔娘一袭大红衫袍，髻上插着四根花枝，站在堂厅的中央。之后，活水亭上就鞭炮四响，烟花烂漫，紧接着，笙、笛、唢呐齐奏，声音响彻天空。之后，由十几名民间艺人组成的鼓乐队，丝竹管弦齐鸣，开始奏响"十音""八乐"，大鼓、大锣、大钹的响声，像欢快的百灵欢叫，气势雄伟，响彻空中。又像枫慈溪的水，忽而潺潺汩汩，忽而激浪飞扬，连十里之外的山林都能听见。真如昆山玉碎凤凰叫，芙蓉洒露香兰笑。把活水亭的气氛鼓得隆重热烈，风趣诙谐。接着，由枫亭民间艺人边演边唱道：

活水亭鞭炮声响啊，

秀夫荔娘结良缘啊，

万谢杨太后赐婚啊，

淑女才郎手牵手啊，

并蒂红花心相连啊，

荔娘从此伴陆郎啊，

恩恩爱爱亲不够啊，

早生贵子喜满堂啊，

……

演奏会后，在一阵高过一阵的欢呼声中，陆秀夫亲吻荔娘，顿时上下欢欣雀跃，响起了一片喝彩声和激烈的掌声。

随后，杨太后开口道："趁着婚典之时，由陆大人献诗一首给荔娘，大家说好吗？"

众人一致高呼："好，好。"

陆秀夫站在厅当中，感到为难了，但见大家气氛激动，只好顺口说道：

荔娘生来美如花，

配给秀夫多可惜。

多谢太后赐良缘，

陆郎才把美女娶。

荔娘本是多才女，

秀夫不敢与她比。

有幸同她结百年，

一生恩爱好伴侣。

大家听后，热烈地鼓起掌来，但说："这是顺口溜，不行，要写一首，不能只口中生花。"

于是，杨太后令人拿来笔纸，叫陆秀夫写一首格律诗。陆秀夫无法推辞，想了想，便动笔写：

> 殚虑北国呼勒声，
>
> 飘浮南海共垂拱。
>
> 不期戎马横戈际，
>
> 得遇贤妻生死同。

（陆秀夫婚礼上的献诗已失传，此为作者想象补充，大意是：我忧虑北方蒙军的侵入，可谓费尽了心力，现在只能随朝廷在南方海面上漂泊，没想到在兵荒马乱抗元战争之际，在枫亭能遇到贤妻与我生死相随。）

大家看了，说："好诗，好诗！陆大人真是才过子建，一肚子都是学问。"

之后，杨太后又开口了，说："请荔娘也献诗一首给陆大人，大家说好吗？"

大家齐声答："好，好。"

这时的荔娘羞人答答，脸红得像樱桃，道：

"吾口才笨拙！能不能免了。"

大家道："不能免，不能免，荔娘也是一名在青螺书院学习的女史，要编一首。"

于是，荔娘嫣然一笑，顺口说道：

> 郎君护宋抗元朝，
>
> 荔娘钦佩芳心攀。
>
> 一身奇才出众来，
>
> 妾身自愧颜色单。

> 郎君本是朝廷柱，
>
> 贱妾有幸陪百年，
>
> 若有身裹马革日，
>
> 三尺白练归黄泉。

大家听后，也鼓起掌来，但也说："不能顺口溜，也要写一首，写一首。"

蔡荔娘推辞说："我是轻才，没有良人的笔力，能不能免了？"

大家"轰"地一声，说："不行，不行，要写，要写。"

荔娘只好动笔，写道：

> 胡马狼突宋室危，
>
> 将倾华夏何柱维。
>
> 幸得夫婿筹长策，
>
> 妾共良人与国摧。

（蔡荔娘婚礼上的献诗已失传，此为作者想象补充，大意是：北方蒙军像狼一样肆虐入侵我们的国土，这些铁骑踏碎了我们大宋的江山，使朝廷岌岌可危。这就要倾倒的华夏靠什么来支撑呢？幸好有夫君和朝廷重臣一起谋划远大的策略，共同匡扶社稷，你的妻子蔡荔娘将同你共生死，一起度过这个国家危难。）

大家听后，也呼道："好的紧，妙得紧，真是清水出芙蓉啊！"

接着，在大家的见证下，杨太后牵着陆秀夫和蔡荔娘的手，说她代表赵昰皇帝赏赐给他俩一块"玉如意"作为婚礼纪念物。这块"玉如意"纤巧精致，上面花鸟刻得纤毫毕见，实是稀罕之物。荔娘一见，马上道："多谢杨太后送来如此厚礼。"然后，杨太后就把陆秀夫和蔡荔娘亲手牵入洞房，道："我馨香祷祝你们夫妻俩比翼连枝，燕侣莺俦，和合双全，幸福美满。"之后，在陆秀夫和蔡荔娘连声道谢下，杨太后才与皇帝及朝臣们载笑载言，举驾回朝。活水亭又渐渐恢复到吉祥安静的夜晚中。

陆秀夫和蔡荔娘由杨太后赐婚并结婚后，消息马上就传出去了。朝廷官臣，知名人士和朋友们纷纷以各种方式向陆秀夫祝贺，据古代枫亭志中记载，单是贺词贺诗贺文"已依各体编入艺文"（注：已失传），现只查阅到当时的进士郑时中写的"贺陆公子娶"一首，供大家一读：

> 大丈夫立志不凡，父也尽忠儿尽孝；
> 少公子成人得配，母能宜室妇宜家。

另在陆秀夫和蔡荔娘婚后几天，陆秀夫曾与蔡荔娘到枫亭九社村的西明寺去旅行一次。西明寺创建于北宋治平二年（1065 年），寺院雕梁画栋，蔚为壮观，陆秀夫和蔡荔娘到西明寺游玩时，陆秀夫还题给西明寺山门一柱联如下：

> 月出长空渡，人要大道行。

这一柱联，据 1670 年《连江里志略》中所述，后由"蔡端明公所手题在西明柱上，柱今犹存。"可见，陆秀夫的这一对柱联在 1670 年还在，后来"民国时，寺宇破烂不堪，佛祖和十八罗汉塑像全无，仅存一块'功德主蔡襄神位'木牌"。该寺于 1958 年被毁。

第九章

秀夫荔娘已经结婚　蒲对荔娘仍不死心

荔娘一对恩恩爱爱　珍珠亦想马上结婚

再说蒲均文这边，他本想凭他的势力和财源迫使蔡日忠答应婚事，但没想到，两天之后，竟得到蔡荔娘已与陆秀夫结婚的消息，这使他从心里恨透了陆秀夫。他想，从年龄上说，陆秀夫简直是老牛吃幼笋，配得过蔡荔娘吗？而从蔡荔娘这个角度来说，荔娘嫁给陆秀夫，不就是蒹葭倚玉，图他官大吗？可是，现在宋朝西风落叶，王室如毁，这乱世的官再大有何用呢？如今，战火纷飞，元兵势如破竹，赵昰小朝廷一再南退，磨难历险，前程未卜，到时呢，陆秀夫不是战死，就是被抓，蔡荔娘你要做一辈子的寡妇啊！人们常说，宁做太平犬，不当乱世官，你蔡荔娘就不知道这个道理吗？

再说杨太后，你已到了走投无路的时候，虽说是太后，已不如一个凡女了。世间的一个凡女，还可以无忧无虑地生活，若大宋一灭亡，你太后还不如人养的一只狗呢？蒲均文想不通，已到了这个地步，杨太后还仗权赐婚，还认为蔡荔娘是你天下的一个民间凡女，要赐给谁就赐给谁。蔡荔娘明明是我的，你杨太后却赐给别人，这恨，这怒，我蒲均文今天暂时忍了，待后看吧！

蒲均文还想，既然蔡荔娘已经嫁给陆秀夫做妾了，就没办法了，因为陆秀夫毕竟现在还是朝廷大臣，莫敢谁何，我蒲均文总不能在老虎头上拍苍蝇，不要命了？

但我对蔡荔娘还是不死心。这么活泼这么漂亮的一个年轻女子，要如何搞到手呢？蒲均文想来想去，无计可施，突然，他想到"奴隶"二字。如果蔡荔娘是我的奴隶，就得服服帖帖呢！

原来，在赵昺小皇帝南退到枫亭的五年前，元朝就制订了一部简单的成文法，称为《大札撒》，该法律主要规定奴隶对主人，官人对君主的人身依附关系。之后，元朝又公布第一部成文法典，称为《至元新格》。

元律公开规定按民族标准将中国各族人民分为四等：蒙古人为一等，色目人（西夏、西域人等）为二等，汉人（原来金国统治下的汉人和契丹、女真人）为三等，南人（南宋统治下的汉人和西南地区的各族人民）为四等。

元朝法律规定："蒙古人员殴打汉人不得还报。"只能举出见证，到所在官司起诉，违者，"严刑断罪"。对于盗窃罪犯，当时都在脸上或臂上刺字，但蒙古人却"不在刺字之条"。蒙古人"因争及乘醉殴死汉人"时，只罚"出征并全征烧埋银"。如果汉人打死蒙古人，就立即处死，还要照付烧埋银等等。

元朝法律还确认官僚贵族广泛蓄养奴隶和佃户对地主的人身依附关系。元朝的奴隶在法律上统称为奴、奴婢，或称驱口。元朝的奴隶由家奴、军奴、寺奴、孛兰奚（指主人亡失而由政府拘管之官奴）等各色奴隶构成，主要来源就是战争中的俘虏和被籍没犯罪者的家属。元朝法律确认奴隶的子女永为奴隶。当时，蒙古人、色目人和汉族贵族官僚地主可以占有众多的奴隶。在法律上，奴隶"与钱物同"，主人可以随意处置。元初，"法制未定，奴有罪者，主得专杀"。相反，奴隶杀死主人，则要"具五刑"或"凌迟"处死。"诸主奸奴隶者不坐"。奴奸主人妻女则一概处死，并严禁"奴告其主"。凡奴告主私事，主同自首，奴杖七十七，如系诬告，则不论所告之罪轻重皆处以斩刑。元朝法律还允许主人任意买卖奴隶，直至贩卖到海外。

蒲均文想，自己是官僚贵族，比蔡荔娘高出两等，强抓蔡荔娘做奴隶也不为过，也是现在元朝法律所允许的事。所以，他可以以任何一个借口，把良家的女儿抓来当奴隶，例如：把蔡荔娘抓来当奴隶，不就完事了吗？但想回来，现在蔡荔娘是陆秀夫之妾，陆秀夫虽和皇帝南逃，但还是任端明殿学士、签书枢密院事等职务，与左丞相兼枢密使陈宜中、枢密副使张世杰等人构成朝廷的权力中枢，是景炎皇帝和杨太后身边出谋划策、运筹帷幄的不可或缺的重要大臣，不能小看啊！陆秀夫虽不是丞相，但枢密院是总理全国军务的最高机关，掌军国机务、兵防、边备、戎马之政令！如果侵犯了陆秀夫之妾，得罪了陆秀夫，那可不是小事，他要是派来几百人的武士包围太平港，我蒲均文吃得消吗？更不用说现在皇帝在枫亭，随军也有几千人呐！想到这里，蒲均文只好把这事搁置了。但蒲均文心不死，他还是想一有机会就要强占荔娘，现在只能等待，等机会来了再说。

再说，荔娘结婚后，按枫亭百年来留下的古例，结婚后的第三天中午，要"转马"，即新郎新娘坐绿轿回娘家，以八乐彩旗鼓队陪送，至傍晚时一对新人又回夫家。

但由于是在非常时期，陆秀夫不是在家结婚，而是在离家千里之外的枫亭成亲，遵照杨太后"一切从简"的明谕，也就没有坐轿也没有彩旗鼓队回日忠家。

他俩"转马"，蔡日忠夫妻当然很高兴，因此日忠办了一桌酒席招待女儿和女婿，到傍晚的时候，他们就又回活水亭了。

荔娘回家后，秀夫有事出去了。不一会儿，珍珠就来玩了。

珍珠是荔娘婚后第一次来活水亭。她们两人如亲姐妹，朝夕相处，无话不谈。

珍珠一来，荔娘格外高兴，又是沏茶，又是拿糖果给她吃。

珍珠问："今天有没有'转马'？"

荔娘答："有，有，刚回来一会儿，你就来了。"

珍珠问："是坐轿还是步行？"

荔娘答："没有坐轿，活水亭离我家才一百米，一切从简呀！今天，相公换了新衣，衣冠楚楚，我仍然穿这件大红袍回娘家，一路上，大家都说，哦！郎才女貌，多帅多登对的一对啊！说得我很不好意思。"

珍珠笑了，说："帅就是帅，登对就是登对，还不好意思？依我之见，你们一对儿也是绣球配牡丹，像并蒂芙蓉一样美啊！"

荔娘也笑了，说："哎呀，你也这么说，我更不好意思了。"

接着，荔娘又说："相公很谦恭又很孝顺啊，一到家里，就脱掉帽子，深深地鞠了一个躬，彬彬有礼地合掌道'双亲大人好，岳父岳母好'，说得我爹我娘非常高兴，笑不拢嘴，还拿了三万交子给我爹，说给家里添补用。"我爹说："不必了，不必了，爱亲才结亲，能留几个字给二老作纪念，足矣。"相公说："可以，可以，钱要拿，字也可以留。"说着，我爹就去拿笔砚，相公写了这么几句话。

荔娘说到这里，故意停顿了一会儿。

珍珠说："快说呀，哪几句话呢？"

荔娘说："他写'千里奔波到枫亭，有幸遇见蔡大人，敢把令爱配秀夫，愚人终生谢岳仁'。"

珍珠说："写得好，这几个字比钱还值钱啊！真是一个孝顺女婿啊！"

接着，珍珠问："陆大人待你应该很好吧！"

荔娘说："可好啊！跟我说话轻声细语，又知冷知热，生怕我吃不饱，昨天朝廷护卫去打猎，打了一只老虎，他还把老虎肉带回来给我吃，可他也从来没有吃过老虎肉，因此他不吃，我也不肯吃，最后两人分了吃。"

珍珠说："是啊，做男人的能这么关心女人，很难得啊！"

荔娘又说："现在朝廷事务多，待战事好转后，他说要带我到各地去走走，看看大宋的天下有多美！"

珍珠说："男人能做到如此，做女人的足矣！"

荔娘又说："昨天晚上他还说，他爱我，会至老贵贱不变心，说，'我生君未生，君生我已老，老夫爱少妾，百年爱到老'。"

珍珠笑了，说："你有没有回他一首打油诗？"

荔娘说："有，我说，'我身为君生，君是我唯爱，少妾爱忠夫，牵手到耄艾。'"

珍珠说："你俩真是恩恩爱爱啊，真是'不求同日生，只愿同日死'啊！但听说没多久，朝廷又要迁移了，你要不要跟着去？"

荔娘说："就是啊，我现在最担心的就是这事，如果动迁的话，我一定要跟他去，不知怎了，只要在他身边，我就感到安心，幸福。"

珍珠说："你要跟他去吗？那是很苦的事。"

荔娘说："夫妻恩爱苦也甜，我不怕吃苦。"

珍珠说："说的也是真话，我的婚事，我也这么想。"

珍珠的父亲和刘道义的父亲是好朋友。在道义出生不到一周岁时，珍珠还在她娘的肚子里，她父亲就和道义父亲约定，若珍珠娘这次生下来是女孩的话，就配给道义做妻子。之后，珍珠娘果然生下女婴，取名张珍珠，因此，就指腹为婚算数成功了，现在到了谈婚论嫁时期，珍珠只能配给道义，别无选择了。

荔娘说："你们俩从小在一起，青梅竹马无嫌猜，现在到时候了，可以成亲了。"

珍珠说："是啊，道义什么都好，待我也好，听我爹说，道义现在从军，说不定什么时候就要跟朝廷走了，要我们马上成亲，他才放心。"

荔娘说："成亲就成亲吧，道义一走，以后见面的时间会更少，或许几年才会见面一次。"

珍珠说："就是，就是。两家都在准备，没几天，我就要过门了。"

后来两人又聊了无数生活之事，直到陆秀夫回家了，珍珠才告辞了。

第十章

元军胜战直迫福州　　宋军被迫继续后退
荔娘怀孕是留是走　　太后最后定夺留下

蔡荔娘与陆大人结婚，是在农历七月上旬。张珍珠和刘道义结婚是在农历七月下旬。此时，在淮浙、广西、四川，在一切尚未陷落的地区，宋朝的军民都在浴血奋战，极力抵抗。当时文天祥回到江西，吴浚率兵收复了南丰、宜黄、宁都三县，翟国秀夺取了秀山，傅卓收复了衢州。但事有测的是，元将唆都开始率兵展开了更猛烈的攻击，婺州、衢州再次被元军鲸吞。吴浚大败而归，翟国秀则不战而逃，傅卓降元，江西的抗元力量，遭到了重创。另外，在广东战场上，宋军也节节败退，不久，淮东沦陷了，淮东的守将李庭芝也被处死。

接下去，元廷派阿剌罕、董文炳、忙兀台、唆都等统领水军，从明州出发；李恒、吕师夔等人，率领骑兵从江西出发，水陆并进，分别攻打福建、广东、广西。两路军队长驱直入，所向披靡，直达建宁府。时局的发展大大出乎人们的意料，到十一月，元军就逼近福州，矛头直指枫亭行朝而来。

面对如此恶劣的形势，杨太后和朝臣们商议，为了赵昰皇帝的安全，为了保存一定的实力，决定兵分水陆两路继续南迁。此时，行朝军队主力仍在福建东北部地区，大部分需要从福州登舟，需转移官兵和民兵达十八万人，而赵昰皇帝和杨太后以及部分朝臣，则从枫亭出发，就近出海南下。

对于这种形势，是偶然，又是必然，是不确定，又是确定的。总之，这几天来，陆秀夫头脑里总是恍恍惚惚，一想起荔娘，他心里更是不舍。如果让怀孕的荔娘跟自己走，一路的奔波和艰难的环境，很难保证她能顺利生出孩子。再说，前途艰险，他不忍心。如果不让荔娘跟自己走，夫妻就要分开，接下去要多久才能见面，连他自己也不知道。若荔娘独自生活，就会像寡妇一样地艰苦地过着日子，到底要如何办呢？这是迫在眼前不得不向荔娘说的事了。

这天晚上，他趁岳父岳母日忠和杨氏来活水亭看望荔娘之时，他将近来的形势发展和近日就要继续南下离开枫亭的情况向他们三人说了。

其实，对于朝廷不久将离开枫亭继续南下的形势，荔娘、日忠和杨氏三人在荔娘结婚前已考虑过，因朝廷不可能定居在枫亭这个小地方，这是大家都清楚的事，去留只是时间的问题。但当陆秀夫说起此事时，即使他们心中早有预料，也难免感到突然，心如刀绞一样地难受，但时势逼人，不得不走，这是迫不得已的事。

但没想到，荔娘却这样说："相公此去，妾身一定要相随而去，照顾起居，料理家务，这是妾身本分，也是我的心愿，嫁鸡随鸡，嫁狗随狗，吾一生心里只有相公一人，怎能一人独身在家？再说，为国为民奔波，跟随朝廷抗元终生，这是我未婚前的决心，我不会改变。"

陆秀夫听了忧心忡忡地说："可是，你有身孕了，征途毕竟不如家，此事非同小可，娘子你可得再三斟酌啊！"

荔娘说："征途奔波，其艰苦可想而知，但是为了大宋，为了家庭，再苦再难我也会克服。"

陆秀夫说："你这一走，你父母双亲答应吗？"

荔娘把脸转向日忠，又看看杨氏，但见日忠和杨氏两人都不说话。

是啊，日忠、杨氏结婚多年才生下这么一个独女，夫妇俩一直把荔娘当作宝贝，女儿也十分懂事听话，已伴随二老十七年从未分离过，可是如今却要离开自己，又在兵荒马乱的岁月里度日，这怎么行呢？但想回来，自己既然把女儿出嫁了，自己的话也只能作为她们的参考，路只能由他们自己决定，无权干涉了。因此，日忠和杨氏不得不重重地"唉"了一声，却说不出话来。

杨氏最后说："荔娘有喜，又是头胎，本该静心养身，以保母子平安，若出门奔波，车马劳顿，寝食不周，将如何是好？还是留下来再说吧！"

秀夫马上附和说："是啊，是啊，娘子你就暂时留下来吧！"

日忠此时也拿不定主意。是啊，以荔娘目前的情况，确实不宜跟随队伍奔波，毕竟是陆大人的骨血，兹事体大啊！但是陆大人身边也确实需要有人照顾，夫妾能在同一处生活，该多好，毕竟是一个家呢！

然则如之何而可？因此事情就这么暂搁着，没有决定下来。

第二天，在朝廷讨论南迁的事后，陆秀夫向杨太后开口道："吾有一私事，不知该不该向杨太后说说？"

杨太后马上说："该说。"

陆秀夫说："不日我们既要南迁，荔娘想随军而往，但已怀孕在身，我想把她暂留枫亭，待后再作打算，她不肯，杨太后能否帮我说说。"

杨太后一听，马上知道实情，当下就派人去叫荔娘，说："有请荔娘面见太后，言太后有话。"

不一会儿，荔娘来了，马上跪下说："杨太后平安，小民荔娘来了。"

杨太后马上说："免礼了，起来，赐座。"

荔娘即到杨太后身边，坐在椅子上。

杨太后说："荔娘，打从我第一天来枫亭，就认识了，你善良懂事，活泼，通情达理，出众的漂亮，我牢记心中，你是枫亭妇女的代表也，但此行朝廷南迁，是在兵荒马乱之时，非平常也，局势又云谲波诡，难以推测，你身有孕，实是不便啊！我知道你们分离之苦，但这是迫不得已之事也，万一之时，你还能为陆大人留下一点血脉在枫亭，使之忠良有后，也是功德无量，你就留在枫亭吧！"

杨太后说后，动情地流下眼泪，又说："尔陆秀夫尽忠宗室，尔随朕驾飘流，当留后代于枫，以奉祖先，永嗣续昌后裔，时至乎澄清，世钦尔则朕心乃慰。"

是的，荔娘此时确有很多话要说，但杨太后一言既出，驷马难追，她就不敢多言了，只好说："小人遵命，就留在枫亭了。"说着，荔娘流泪了。

事情终于就这么一锤定音了。

第十一章

朝廷就要启程南下　秀夫荔娘以泪告别
乡亲送子珍珠送夫　杨太后也泪洒枫亭

这两天来，陆秀夫忙于安排朝廷南迁的兵器军粮的装船，晚上都很迟回家。今天，他抽空叫来一位画师，为自己画了一张像，准备留给荔娘留念，另外，还留下两套半旧的朝服和官帽给荔娘。他对荔娘说："想我的时候，就把画相和衣服拿出来看看。"

荔娘说："这么说，相公是准备从此不回家了？"

秀夫说："不是，不是，只要一有机会，我就会回家来看你。孩子很快就要跑出来了，我怎么不会想你和孩子呢？"

荔娘说："一定，一定。"

秀夫说："一定，我人走了，可心还在你身上啊！"

时间过得很快，又几天过去了，朝廷南迁的准备工作已一切就绪，明天就要启程了。

这天晚上，活水亭里静悄悄，已是深夜了，他轻启房门，见荔娘还和衣躺在床榻上，他知道荔娘还没有睡，是在等他呢。果然，门一有声音，荔娘就睁开眼睛，说："相公，你回来了。"

秀夫"嗯"了一声，说："你还没睡？"就过去坐在她身边，发现荔娘眼睛红红的，知道荔娘刚才一定是哭了。荔娘见秀夫已在他身边，顿时把两手扶在他的肩膀上，问："相公，你此次一去，要什么时候回来看我呢？"

一句话，问得秀夫答不出来。是啊，该怎么回答呢？

夜阑人静之时，透过窗户，皎洁的月光慷慨地倾泻在床铺上，把荔娘的身体尽情地照耀着。看到荔娘那洁白肌肤晶莹透亮，看看她那美丽动人的脸庞，秀夫情不自禁地大叹一声，心中想到，多么动人可爱的妻子啊！在这战火纷飞、戎马倥偬的岁月里，在这枫亭小城，竟有如此奇女陪伴自己，这是多么有幸啊！多么幸福啊！但这些天来，由于战事纷繁，自己并没有多少时间陪伴在她身边，这太对不起她了。此时，面对荔娘那迷人的身姿，凝脂般的皮肤，陆秀夫难免情怀激动，深深地被陶醉了。此刻，他只能用无声来回答她的话，不由自主地把荔娘紧紧抱在自己怀里，终于，把眼泪一滴又一滴地滴在荔娘的身上。是啊，他是多么不想离开她，但眼下正是国家危难之时，大宋正需要他，为了祖国江山，就是抛弃爱妻，也要挺身而出啊！

这天晚上，荔娘内怀殷忧，思绪万千，辗转反侧，不能入寐，她想了很多很多事，但都说不出来。秀夫也黯然销魂，沉默不语，见她心情沉重，就紧紧搂着她，直到天快亮了，荔娘才开口说："记住，一有人来枫亭，就要给妾写封信。"

秀夫"嗯，嗯"地答应了。

荔娘说："一个人在外，别太累了，别伤了身体。"

秀夫"嗯，嗯"地答应了。

荔娘又要说了，秀夫抢着说："你别担心了，只是娘子在家，千万要保护好胎儿，千万保护好自己的身体，这才能使我放心。"

荔娘"嗯，嗯"地答应着，说："知道，知道"。

秀夫又说："我一走，你的担子更重了，要多休息。"

荔娘"嗯，嗯"地答应着，说："知道，知道"。

秀夫又要说了，荔娘马上说："相公别吩咐了，妾都明白了，妾只是为你担心呐。"

说着，两个人都流泪了，又紧紧地抱在一起，直到三更了，外面的角号"嘟嘟"

地吹叫了，他们才起床了。

今天的启程南下，因船只不够用，兵分两路。小皇帝和杨太后由大队人马护送，乘船向泉州进发，陆秀夫则带几百人沿小路步行，到泉州后再与杨太后会集。

日忠和杨氏听到角号声后，也来到活水亭。陆秀夫吃完早饭后，便穿上庄严整齐的朝服，戴上官帽，准备出发。荔娘、日忠和杨氏三人陪着陆秀夫，一齐到仁王院门前的大操场上和兵士们集合。

仁王院门前，也来了不少送行的乡亲们。不过一会儿，人马就要启程了，陆秀夫弯腰向日忠和杨氏两人鞠了个躬，说："望二老多多保重，不孝女婿就要走了。"

看到脱下官帽的女婿向自己行礼，日忠、杨氏两人情不自禁地流泪了，说："望一路平安，一路顺风！"

陆秀夫又向荔娘道："娘子怀孕在身，就此止步了。"

但荔娘则说："不，妾要送你一程。"

因此，荔娘和送行的几十个老百姓，陪着陆秀夫和队伍步行，顺着集英亭、北门、霞街、霞桥这条路走，一直走了六里路，到了五里亭（惠安与仙游交界处），还是依依不舍，要继续送行。最后，直至惠安县的西坑村，经陆秀夫一再劝说，荔娘才流泪止步，望着陆秀夫向自己和乡亲们不停地招手，望着队伍行远了，荔娘又簌簌泪下，才与乡亲们一齐回枫。这时，已五更了。

天亮时，荔娘一家人又到太平港，准备送行皇帝和杨太后。

太平港上，到处是人，有整装待发的兵士，也有前来送行的老百姓，更有父送子，妻送夫，兄送弟的乡亲们，大家沉浸在一片离别愁苦的气氛中，有人流着泪，有人哭出声来。应征的枫亭士兵们，在亲人的陪同下，一个个陆续到达，他们当中，年龄最小的只有十六岁，年龄大的，已是三十多岁的茂年人。

太平港上，停靠着几百只船，在枫亭造的弩、弓、箭、枪等兵器已都装船待发。在枫亭造的上百只无底船、海鹘船和楼船，也都下海了，特别显眼的当属那艘三层的大楼船，这是供小皇帝和杨太后使用的船，油漆得庄严漂亮。它在等待自己的主人。

人群中，张珍珠送刘道义也来了，只见张珍珠的眼睛红肿，想必昨天晚上也是哭了一夜，现在两人咬了一阵耳朵，又紧紧拥抱，为即将的离别留下回忆。

这时，小皇帝和杨太后的驾也到了，当杨太后看到蔡荔娘时，立刻叫停下驾，握住荔娘的手，说：“荔娘，我要走了，人在江湖，身不由己，这一别，存亡未卜，不知何年何月我们才能重逢？”说着，眼泪就出来了。荔娘也流泪了，说：“杨太后，爱人多容，可以得众，你们一定会东山再起，这天下一定是皇帝的，我们今后一定还会见面的，这只是暂时的离别，请杨太后多多保重！”说着，就要跪下一拜。杨太后见了，马上扶起，说：“到这时候，还要向哀家行礼？不必了，不必了！”说着，拿出手帕，擦了擦满是泪水的双眼。

不久，杨太后和兵士、朝官们，都一一上船了。

船上，枫亭应募从军的士兵们，一片哭声。

船下，送行的父老乡亲，看着自己的亲人就要走了，更是泪珠滚滚而下，真是世上万般哀苦事，无非死别与生离。

送行的人，有人高喊：“注意保重身体”。有人高喊：“一路小心”。更有人高喊：“我等你的信！”

这时，号角又响起，随后是三声炮响，船队起航了，开始了前途未卜的航程。

别离了，乡井！别离了，爹娘！别离了，亲朋好友。

船上船下的人，个个招手致意，向亲人作最后的告别，直到船已经走远了，荔娘和珍珠又爬上高坡眺望，直到什么看不见了。这时，荔娘和珍珠两个人，同是男人上前线，又是同窗又是邻居，又是好朋友的人，紧紧地拥抱在一起大哭起来，真是：枫慈溪上波浪滚，荔娘泪水向南流。

第十二章

朝廷到泉州征船粮　蒲寿庚压力大叛变
皇帝受不了海上苦　取陆路前往南澳岛

赵昰皇帝和杨太后从枫亭启程，在海上与左丞相陈宜中、枢密副使张世杰率领的自福州南下的舟师汇合之后，不日来到泉州，进驻洛阳江口的后渚港。

泉州地处东南沿海，人口众多，物产丰富，经济、文化相当发达。它作为当时中国的第一大港，拥有繁荣的贸易市场和强大的航运能力，赵昰行朝选择在此休整、补给，既是看中泉州的经济实力，也认为这里具有较好的宋朝统治基础。因为统揽泉州海上交通和贸易大权的蒲寿庚，其官职是朝廷赐封的，为泉州市舶司提举，是泉州说一不二的实权派，而且跟随宋朝廷已二十几年，在泉州是个睡在地上能摸着天的人物，几乎没有什么办不成的事，人们都恭敬地称他为"蒲大官人"。

但人心隔肚皮，就在朝廷这个"生死关头"，蒲寿庚突然叛变投元朝去了。

蒲寿庚是个极具敏感性和洞察力的人，看风使舵，是他的特点，遇事就权衡利弊，从自己的利益考虑问题，在如今时局动荡，天下大乱之时，他更是打自己的小算盘。在他看来，大宋朝在都城临安陷落，赵显小皇帝和太皇太后谢道清向元丞相伯颜投降之后，就已经结束了。现在，陈宜中、陆秀夫、张世杰、文天祥拥立赵昰继立皇帝，小朝廷辗转奔波，坚持抵抗，虽然其志可嘉，但毕竟大势已去，宋室小朝廷的灭亡，只是个时间问题了。

但他知道，目前赵昰行朝尚有二十余万军队，又有民心所向，若得罪了他，自己能活能死还是一个大问题，因为自己担任泉州市舶司提举已经二十年了，掌管着泉州所有的港口、码头和船舶，还拥有节制当地水师的特殊权力，控制着泉州以至整个闽南的海域和航道，可以说是个政、商、军三方面的实权派，这就使自己成为宋元两朝争夺的重点。正因为如此，赵昰政权一建立，就给自己加封了一个"闽广招抚使"头衔，而蒙元王朝的伯颜丞相更是在占领临安之前就派人来联络，要求自己弃宋投元，并许以特别的优厚条件，而且近日在福建的元军主帅唆都还派来特使，加紧催促呢！因此，在这两军对垒的特殊时期，自己是一颗举足轻重的砝码，无论投向哪一边，都将导致严重的倾斜，所以自己更应审慎抉择，决不能轻举妄动，伤及自己。

但如今赵昰小皇帝已到泉州，也是不能得罪！于是，蒲寿庚还是带着礼物和一班人马赶到后渚港，恭恭敬敬地觐见景炎皇帝和杨太后，请皇帝和杨太后入城居住，算是尽了臣子之礼。

杨太后十分高兴，连忙赐座，与蒲寿庚亲切交谈起来。但行朝中张世杰等几位大臣，他们对蒲寿庚的为人和他与蒙元的关系早有所闻，这时有人当着蒲寿庚的面劝张世杰，说蒲寿庚"非我族类，其心必异"，说不定哪天就会投靠蒙古人，为了防止出现这种不利局面，最好现在就拔除肘腋之患，把他扣留，令市舶司的人不敢轻举妄动。也有人提议，对蒲寿庚加赐官爵，让他当一个朝中臣僚，将其羁留在行朝。一则可以掌控和监视他，防止其叛宋投元，二则可以控制他的资源，让其雄厚的财力、物力为大宋所用，但遭到张世杰的极力反对，他说："蒲招抚使诚心接驾，我们亦应以诚相待，用这样的手法挟持人家，不是君子所为，万万不可！"就这样，众人只好客客气气地送走了蒲寿庚。

蒲寿庚几乎是逃命地离开后渚港，手脚发抖，因为刚才有人在皇帝和杨太后面前打他的主意，对他这块大肥肉虎视眈眈！要是真的被羁押在行朝，那自己就成了笼中之鸟，成了俎上肉，真是好险啊！

就在蒲寿庚刚回到城里，余悸未消，朝廷的一道诏令就下来了：征调三万石军粮和五百艘海船，限三日办毕。

原来，蒲寿庚刚走，张世杰就后悔了，因为"漏掉了一条大鱼"。随即，便以皇上和太后的名义发诏，让蒲招抚使体谅朝廷艰难，务必如期完成，多作贡献。

刚刚逃离虎口，又压来一座大山！蒲寿庚又急又气，一会儿像兔子般惊悸乱窜，一会儿又像狮子一样暴跳如雷，因为这一征调触及到蒲家的经济利益和老本，如交，蒙元方面会善罢甘休吗？一旦赵宋完蛋，剽悍无情的蒙古铁骑不把我老蒲和整个泉州踩碎打烂才怪呢！但若不奉命征调，这大不敬罪和谋叛罪也吃不消，也是死刑，还是"凌迟"刑，既"寸而磔之，必至体无完肤，然后为之割其势，……"直至"身具白骨而口眼之具犹动，四肢分落而呻病之声未息"，何等残酷啊！这时的蒲寿庚，心想自己像新媳妇过门，起了早的得罪丈夫，起晚了得罪公婆，处境实在难堪呀！

这么想来，要征调是死路一条，不征调也是死路一条，这真是武太郎服毒，吃也得死，不吃也得死，因此，蒲寿庚最后决定：与其坐以待毙，不如冒死与宋朝一拼。这样，蒲寿庚决意叛宋投元！

不久，蒲寿庚下令紧闭城门，不再接受行朝的来使和诏命。接着，连夜大批屠杀城中的皇室宋亲以及亲宋的官兵，诛戮忠良之数竟达三千多人，以至血流成河。并紧急派人向元军投降。投降后，元伯颜即答应其不贡粮、不纳税、不征船、不募兵的条件，允许他继续掌管泉州城，并代表蒙元王朝行使海域管理和海上贸易权，命蒲寿庚为提举泉州市舶司事，又命他招降附近州郡的守臣。

蒲寿庚的突然叛变，令赵昰小朝廷猝不及防，骤然一惊！因为培育蒲寿庚这么多年，竟然养虎自啮。张世杰一气之下，想出兵攻打泉州，严惩叛贼，但陆秀夫另有看法，说："蒲氏已投降伯颜，我军一旦攻打，闽北一带的元军必将火速增援，我军势必要付出重大代价，也会干扰我军南下和朝廷的南迁。"

既是如此，众人合计意见，决定还是暂且不攻打泉州，抓紧时间寻个安全地带，站稳脚跟后再与蒲氏算账，也不为迟也。杨太后觉得有理，也就答应先退兵待后再作打算。

这样，朝廷就决定启程，蒲寿庚方面，也知道自己力量不足，无法阻止朝廷南下，因此，行朝在泉州夺得了几十艘船只，终于通过了蒲寿庚管制的偌大海域，顺利通过了泉州港。

但天有不测风云，当赵昰行朝的大军船队刚刚到达晋江围头海面，忽然遇到大暴风大暴雨，顿时天昏地暗，狂风大作，波涛汹涌，一浪高过一浪，凶狠狠地向大军船只扑来。船一会儿被托上波峰，一会儿又被狠狠地甩下浪底，原本浩浩荡荡而又整齐的船队立刻被冲撞得七零八落，两千多艘大小船只在宽阔无边的大海上只能各自奋力挣扎，艰难地向前挪动，兵士们一个个东倒西歪，有的开始晕眩、呕吐。

船队难于航行，张世杰只得下令编队各自疏散到就近的各个港湾锚泊，先避暴风雨，再伺机行动。最后，经过一个多时辰的奋力拼搏，两千多艘船只终于驶入围头湾内，沿着港湾两岸，一直延伸到五马江、安海湾。

海上暴风持续了两天，此后，全军的船只才陆续出发，经同安、金门水道继续往南航行，驶过龙溪、漳浦海域，并在铜山沿海补给休整几天，再决定到达广南东路的南澳岛驻足。但因为小皇帝实在受不了巨浪的颠簸，陆秀夫和张世杰等人商议，兵分两路，一路从海上行走，一路让皇帝和杨太后一起弃舟登岸，由陆秀夫率部分军队护行，顺着福建南部沿海，取陆路到南澳岛再集结。

此后数月，赵昰皇帝、杨太后和陆秀夫一行，就在闽南、粤东的山山水水间无比艰难地跋涉流徙。他们先后经过了安平五里桥、鸿渐山麓、三魁山、烈屿（今小金门岛）、嘉禾屿（今厦门岛）、狐尾山、宁海寨和木棉庵（又称木棉铺，即贾似道被杀的地方），又跨过木棉岭隘口，渡过马口溪，翻过盘陀岭，穿过分水关，最后才进入广南东路地界，又越海来到了南澳岛（在广东潮州外海）。

第十三章

陆秀夫被诬告免职　但誓死卫国心不变
回乡依然鼓气抗元　并告妻母娶妾荔娘

　　行朝到南澳岛时，陈宜中、张世杰率领的海上大军已先期到达。大军会合后，就在岛上安营扎寨。但尽管已经暂时立足，众人仍是对元军的追击悬心吊胆，唯有陆秀夫不以风尘仆仆为意，不屈于敌人的追击，鼓励大家鼓起勇气，英勇杀敌，将生死置之度外，以国事为重，以皇帝为重，给大家吃定心丸，为局势的稳定起到了上下一心的作用。

　　但天有不测风云，人有旦夕祸福，就是这么一位忠诚为国的朝官，在行朝到达南澳岛后没几天，陆秀夫竟然被丞相陈宜中罢免了。

　　还在福州众星捧月，新立赵昰皇帝继位时，是以陈宜中、张世杰、陆秀夫三人组成行朝内阁。但陈宜中是个心胸狭窄的人，虽然当时陆秀夫力排众议，把陈宜中招揽进新内阁里，但陈宜中本性难移，别具肺肠，总是妒贤嫉能，排除异己，在背后对陆秀夫经常使些小绊子，要些小手腕，到后来，竟然公开将矛头对准陆秀夫。另外，也因陈宜中和文天祥不和，陆秀夫却又力荐文天祥。因此，这就更加得罪了陈宜中。陈宜中因此唆使台谏官弹劾陆秀夫，以"独断专行，欺君犯上"的"大不敬"罪名，蒙骗了杨太后，免去了陆秀夫的一切职务，打发他回家。

　　被谪贬的陆秀夫，不拿朝廷俸禄，他知道自己被小人诬陷，但为了不激化矛盾，避免朝廷引起动荡，他不争不辩，悄然出宫，来到潮州壁望港，息影家园。

陆秀夫已很久没有回家，此时陆秀夫的母亲赵氏已卧病在床，由夫人照顾。

战乱岁月，多时未见，看到彼此平安，一家人都分外高兴，谈话之间，陆秀夫把自己被诬告离职回乡的事向赵母和妻子说了。

赵母听了，说："陈宜中小黠大痴，还是在继续以往的做法，上阵打仗，当缩头乌龟，争权夺利，却比谁都卖力，宋朝就要灭亡了，陈宜中还要搞窝里斗，我看他是个戏台上的宰相，在位时间不长了。"

陆秀夫说："慈母说得对，陈宜中确是个小人眼光！"

赵母又说："好啊，你回家，可免于一死，这是咱们陆家的福气啊！有诗曰'山气日夕佳，飞鸟相与还'，你可以像飞鸟返山林一样，摆脱官场束缚，回归自然了。俗语道：树高千丈叶归根，你现在可以过个啸傲林泉的生活了。"

陆秀夫说："慈母说得对，但现在国难当头，儿子匡复社稷的心未死啊！"

赵母说："说的也是，说的也是。"

接着，陆秀夫又把在枫亭遇见蔡荔娘和奉旨成婚的事说了。

赵母听后说："蔡荔娘如此天真活泼，善良懂事，嫁给我家，又怀有孩子，我家又要添一丁了，这是咱们陆家的福气啊！"

赵母说后，便把自己手上的金环镯捋了下来，递给秀夫说："这个金环镯传了二代，现在我又传给荔娘，算是我的一份心意呐！"

赵氏夫人见婆婆如此高兴，说："我给荔娘缝二套新衣作留念，愿我们姐妹同心协力，辅佐夫君。"

陆秀夫在潮州期间，友人将百余亩土地赠给陆秀夫，让他务农安家。后因陆母赵氏病殁后停枢于此，这里便被地方百姓改名为"陆厝围"。

陆秀夫潜居家园，像小庙里放了一个大菩萨，家乡人无不欢欣鼓舞，自动投靠陆秀夫。但陆秀夫身在江海，心驰魏阙，他在陆厝围一边务农，一边开办学馆，广招当地热血青年，讲韬略，授武艺，倡爱国，明节义。陆秀夫又专门建了一个练兵场，鼓励青年积极训练，抗元卫国，为当地培养了一大批抗元骨干。

景炎元年（1276 年）十一月，元军攻击兴化军（今福建莆田），莆田守将陈文龙坚守不降，不幸被俘，陆秀夫闻讯，即从潮州致书陈文龙，劝其宁可为国牺牲，也不要投降敌人，同时也向陈文龙表达自己一心要复出为国效力的强烈愿望。信中写道：

"……今车驾蒙尘，中原荆棘，淮东、江西、闽广诸路俱败陷。北向长望，无寸土干净，秀夫岂敢游逸此土哉！……"

该信意思是：现在走到哪里都没有安定的地方，到处都是战争留下的烟灰，中原像草丛刺林一样，淮水以东、江西、闽以及广东、广西各省都战败沦陷。向北望去，没有一块地方是安定的，秀夫怎么能在此地游玩安逸地生活呢？

岭南之地的寒冬也是风冷霜冻，寒意逼人。在这寒冬里，陆秀夫经常带学生登临梅花岭游览，面对满山遍野、昂首劲放的寒梅，陆秀夫常常奋然运笔，写诗表达他遭贬闲居之时的真实内心世界。

但此时的陆秀夫，还是无时无刻想念着蔡荔娘。是的，生离死别，天各一方，何尝不是牵肠挂肚！有时候，他甚至后悔自己没有把荔娘带在身边，现在，荔娘的生活情况如何，胎儿健康吗？元兵会不会对荔娘一家下毒手呢？他是多么想到活水亭去看一看，哪怕是一会儿的见面也行。但山川悠悠，千里迢迢，元军已攻打到莆田，不久也会攻打到枫亭，若去枫亭一趟，也许就不能活着回潮州，如此想来，陆秀夫只能深深地浩叹一声，别无办法了。

第十四章

元兵莆田杀民三万　宋将文龙英勇就义

元兵继续攻打枫亭　荔娘险被抓获受难

陆秀夫给陈文龙的信，陈文龙是否收到，尚无人知道，但陈文龙确是个抗元卫国的英雄，这一点是无可争议的。

陈文龙出身于莆田的簪缨世家，其曾祖父就是孝宗时期的左丞相陈俊卿。陈俊卿于南宋高宗八年（1138 年）科举考试中夺得榜眼，加之这一年莆阳学子考中进士的多达十五人。因此高宗皇帝在摆宴庆贺时问道："兴化乡土贫瘠，怎么会人才辈出？"陈俊卿答："地瘦栽松柏，家贫子读书。"这句话后来成为激励兴化子弟为了改变命运发奋读书的名言，一直流传到今天。所以，陈文龙从小就濡染先训，自幼苦学不厌，聪颖超群。南宋度宗咸淳元年（1265 年），34 岁的陈文龙参加春考并夺魁，后在皇帝临殿对策试时被擢为第一，为状元及第。

陈文龙在元兵攻打兴化时任主持兴化军防务参知政事。元军在攻破建宁府、邵武军、南剑州和福州后，就长驱直入，直逼莆田的兴化军而来，陈文龙因寡不敌众而被擒，陈文龙和妻子、儿女及母亲均被押解北上，陈文龙行至福州闽江中的合沙时，写下了如下掷地有声的《诀别诗》：

斗垒孤危力不支，书生守志誓难移；

自经沟读非吾事，得死封疆是此时。

须信累臣堪衅鼓，未闻烈士树降旗；

一门百指沦胥北，唯有丹衷天地知。

陈文龙这首诗的大意是：我在孤危的情况下与元军竭力作战而败战，但我信守爱国的决心不动摇，我不会做上吊等自杀的事，在这里我为国家而死是值得的。请相信我能经受任何严刑拷打，但不会投降。现在一家至亲都被敌人抓去，唯有一颗赤胆忠心还留在天地之间。

后来，在元军大将唆都和董文炳的军营中，面对元军的轮番逼降，陈文龙以手指腹，正色相告："此皆节义文章也，可相逼邪？"

董文炳不死心，谆谆再劝："风无常顺，兵无常胜，国家有兴有亡，汝是书生，何不识天时？"

陈文龙回答："无须赘述，国既亡，我当速死！"

唆都又劝："母老子幼，情何以堪？"

陈文龙以慷慨陈词："我家世受国恩，绝不会有降敌之意，先皇三子岐分南北，吾母老且死，我子又何足关念？"

再后来，陈文龙在被囚禁杭州太学里，坚持绝食，至死不改初衷，坚贞不屈，忠君守节，视死如归，景炎二年（1277 年）四月二十五日，陈文龙要求拜谒岳飞庙，因哀恸悲绝，当晚死于庙中。陈文龙的母亲被拘禁在福州一座尼庵中，身患沉疴而不愿服药治病，她说："吾与吾儿同死，又何恨哉。"周围的人无不为之感动，叹曰："有斯母，宜有斯儿。"

莆田沦陷后，莆田城内三万多人被杀，兴化军还有三千多家被追捕和杀害，消息传出，四方震动，人们极度惊诧和哀伤！

莆田陷落，也彻底打破了枫亭这个地方长期以来作为抗元大后方的宁静，枫亭百姓也马上会陷入被抓被杀的恐怖之中。

莆田大屠杀过后的一星期，元军铁骑和步兵二三千人，像饿虎下山，猛烈地向枫亭扑来。枫亭街道上马上狼奔豕突，百店关门，大家患至呼天，只好疯狂地向乡下、山区、农村奔跑。他们有的抱着小孩，有的挑着杂物，有的背着包袱，有的搀扶着老人，小孩在哭，女人在唤她们的亲人，男人在催促着他们的家人快跑。通往山区、农村的路上，都是逃难的百姓，他们形体伛偻，脸上充满着忧伤、绝望、慌忙和无可奈何的神态，大家都跌跌绊绊地往前行走，生怕后面的元军追上来。

元军一至枫亭，就凶巴巴地开始四处搜查、追杀与宋室有关联的人。一天之内，枫亭连江里的三十几匹马就被元军掳劫一空。元军还挨家挨户搜查武器，抢劫粮食。遇见年青人，为了防止抗元，不分黑白就抓，反抗者，就斩尽杀绝，凡是家里有被征去宋军的，不管老幼，皆在劫难逃。并严禁夜间点灯，这是元兵占据南方地区后的惯用办法，还明文写在《大札撒》里，贴在街上，强迫南人遵守，违者就抓就杀，弄得满街乱腾腾的，十分恐怖，民众无不提心吊胆，今日不知明天是否能活着。

蔡荔娘因是陆秀夫之妾，名声很大，自然就首当其冲。元军想抓个活的蔡荔娘，用她来迫使陆秀夫投降，但当元兵包围活水亭和蔡日忠家时，蔡荔娘早就与父母逃离了。

元兵进驻枫亭，唯有蒲均文十分高兴。因为蒲寿庚已经投元，又得到元朝的重用，蒲均文是蒲寿庚儿子，自然就成为元兵保护和依靠的地方官。一时间内，蒲均文所在的太平港住满了元兵，蒲均文威风凛凛，势大权重。因此，山上无老虎，猴子称大王，蒲氏在这时成了统治枫亭的重要势力。

蒲均文为受到元朝的赏赐和得到更大的权力，上蹿下跳，暗中派出三个人，查探蔡荔娘的来踪去迹，协助元兵抓捕蔡荔娘。蒲均文想，陆秀夫已像老鼠入了牛角，没有出路，回不来了，蔡荔娘要是被元兵抓到，他可以凭他的势力，把蔡荔娘买回来当家奴。

这三个暗探都是枫亭人，熟悉地理位置，蒲均文用重金将他三人收买，唆使他们来打听蔡荔娘的下落。这样，蔡荔娘犹如陷入龙潭虎穴之中，形势十分危险。

再说这三个暗探白龙鱼服，混在人群里，口头上都讲抵抗元兵的话，用以浑水摸鱼，实则是打探蔡家的去向。经过几天的摸底和暗查，有一个叫李汉的暗探终于发现了蔡日忠藏匿的村庄。他估计，蔡日忠在这个偏僻的村庄，蔡荔娘也一定在那儿，如果没有抓到蔡荔娘，抓到蔡日忠后同样可以逼迫他说出蔡荔娘的下落。于是，他急急忙忙想去告知蒲均文，但谁也没有想到的是，当李汉要告诉蔡日忠的下落时，期期艾艾，突然讷讷不出于口，哑巴了，什么话也说不出来，真是报应。蒲均文见李汉战战兢兢，问不出个子丑寅卯来，说："蔡荔娘还是个神女呐，天上还有神仙在保护她！"但得不到消息，就叫李汉用手写，用笔画出村庄的方向。李汉没有读过书，但画得出来，蒲均文终于知道了蔡家的住处，就去密告元兵头目。

这天晚上正是农历月中，月亮高高挂起，路也看得清楚，元兵派出三百多人，兵分三路，对所画的村庄附近的三个村庄突然包围起来搜查，下令："只能抓到活的蔡荔娘，不能抓到死的蔡荔娘。"

此时，正值半夜，村庄一片宁静，荔娘、日忠和杨氏正在这个叫溪尾的村庄里睡觉，因这村庄的蔡明文是蔡日忠的表兄弟，蔡日忠告诉其情况后就避难暂住在他家里，因溪尾村庄位于慈岳里后面，离枫亭街道有十来里路，村庄只一二十户人家，偏僻，村庄后面就是大麻山，大麻山后面尽是深山，山岭盘亘交错，草旺树高，小路曲里拐弯儿，一直延续到与永春的山区相连，便于藏匿和逃跑。

当元兵半夜快要入村时，村庄的几只狗突然激烈地大叫起来。蔡日忠一激灵醒来后，吓得毛发直立，脖子后面冒凉风，一种说不出的恐惧顿时笼罩了他。听到狗叫得这么凶，预感到元兵来了，马上叫醒荔娘和杨氏，从后门跑进山路里。

果然，不一会儿，就听见门口有杂沓的脚步声，之后就是激烈的砰砰砰的敲门声和哗啷哗啷的破门声。日忠知道是元兵搜查来了，带着行李继续往山上跑。此时，荔娘已怀孕几个月了，只能慢慢跑，加上突然的惶恐，使她的心像一只按捺不住的兔子，激烈地跳动着，更觉得整个胸膛里的鼓动声无法控制。他们刚跑不远，元兵就已进屋了，发现后门开着，知道有人从后门跑了，便大喊起来："蔡荔娘从后门跑了，快追！"于是几个士兵就猛冲向山路，由于荔娘身怀六甲，杨氏也无法快跑，加上元兵个个体高力壮，不一会儿，就越追越近，可以看到人了。

就在这倒悬之急时，皇天无亲，唯德是辅，戏剧性的事情发生了——突然从路边窜出一只老虎，张牙舞爪，猛扑过去，把第一个追上来的元兵咬死。后面追来的元兵，又被老虎咬死了一个，再后面的元兵发现是只老虎，惊慌失措，大叫："老虎咬人了，老虎咬人了！"掉头就往回跑，这样，荔娘他们终于化险为夷。三人一路奔逃，终于到天亮之前跑到西明寺。这样，蒲氏机关算尽太聪明，终于竹篮打水一场空。

这就是枫亭民间流传的"老虎咬恶人"的故事。

第十五章

荔娘一家到西明寺　深受寺内僧侣保护
莆田义军突击元军　胜战后到深山抵抗

蔡荔娘一家跑到西明寺时，才知道在西明寺藏匿比别的地方安全。这是因为，全国的僧侣和寺庙，在元初是受到元朝的特别保护，就连地主官僚和元兵也不敢随意随侵占寺庙，否则就有被砍头的可能。

元朝初对佛教十分崇尚，其中尤以藏传佛教为最甚。元朝还以西藏名僧八思巴为国师，统领全国佛教，并掌管西藏地区的政教事务，更厉害的是，他的法旨历来"与诏刺并行西土"，而且有权干涉中央司法机关对僧俗案件的判决，其下的各级僧官以及普通僧侣也都受到国家法律的特殊保障。

因元朝对僧侣的特殊保护，使得广大劳动人民为了使自己反抗压迫和剥削斗争的合法化，也开始"穿上宗教的外衣"，此时元朝统治者才在制定维护僧侣特权地位的同时，开始严厉禁止一切有可能危及其统治的宗教活动。但在大元年（公元1308年）以前，元朝的僧侣还是可以在社会上横行无忌，例如：

当时上都开元寺西僧强买民薪，民众向留守李壁控告，李壁正在询问，西僧率党徒挥舞棍棒冲进官府，隔案将李壁拖出痛打，并将他绑架回寺里予以禁闭。事后，西僧依然逍遥法外，无人敢处理此事。

第二年，僧龚柯等十八人与诸王合儿八剌的妃子忽秃赤的斤相争于道，竟将该妃拉坠车下殴打，此事上达朝廷，也被"诏释不问"。

此类情况在元初是屡见不鲜的。因此，蔡日忠把荔娘安置到西明寺是上策，而且，西明寺又在深山中，山势峥嵘，山岭盘亘交错，路远且陡，寺庙的山口处，唯一可通行的路是有一百多级的台阶路，而在这台阶的上面还筑有一个大堡垒，叫"文子寨"。寨子里有民众日夜值守，稍有动静，寨里和寺里的人就会知道。

"文子寨"所在村的知寨陈献义，也是铁杆抗元护国的都保，当天陆秀夫来枫亭视察，他也应邀出席，并表示了誓死抗元的决心。文子寨离西明寺只有百步之遥。西明寺里的僧侣共二十多人，大都是当地枫亭人，这些僧侣也都痛恨元人的侵入，因多年受到宋朝的恩待，对宋朝也是一片真心相护。

蔡荔娘和日忠夫妻到了西里寺，才发现陈达明驿长、副驿长和所属的监官、驿吏和张珍珠等人都跑到这里来。大家荟萃一堂，甚是高兴。当天元兵还未来枫亭，张珍珠就去找荔娘一起到文子寨来避难，但荔娘一家已跑去乡下山区，张珍珠他们只好自己来了。另外，从莆田保卫战败退下来的一些义军，也暂时安营扎寨此地。这些义兵共一百多人，是莆田城被攻破之后溃逃出来的，因陈瓒那天率一支队伍杀出了重围，逃进了仙游、永泰和兴化一带。现在他们正在打听陈文龙叔叔陈瓒的下落，听说陈瓒逃到山区后，又收罗旧部，发展队伍，整军准备再战，这些义兵准备投靠到陈瓒麾下。

义军们个个都是勇士，一心抗元，不甘心失败，他们准备武器，随时准备袭击元兵。蔡荔娘佩服他们的决心和勇气，但由于自己是女的，又怀孕在身，行动不便，只能帮助他们煮饭、洗菜之类的事。

不久，义军们准备在梅头岭隘口处打一场伏击战，袭击元军。

这梅头岭，是莆田、仙游通往枫亭的唯一道路，路两边山高且陡，易打埋伏战。因为不时都有元兵从这里进进出出，所以义军们准备好了刀、箭、枪等武器，准备突袭。

果然，这天晌午时分，一支一二百人的元兵队伍，沿着山道迤逦而行，要经过梅头岭隘口，终于到了以眼还眼，以牙还牙的时候，义军们准备了大量礌石，屏声静息，埋伏在隘口处的山顶上，当元军走到梅岭口隘口处时，忽听一声哨响，义军们以迅雷不及掩耳之势，将礌石铺天盖地从山上滚入狭窄的隘路上，顿时砂石横飞，元军乱成一锅粥，被压被砸死多人，紧接着，据守在隘口高处两旁的义军居高临下，形成掎角之势，火箭、弓弩等齐发，又杀死多人。最后，义军们如孟虎下山，冲下隘口把来不及逃脱的元兵全部消灭，仅有几人侥幸逃命而去。

梅岭口伏击战成功，极大地鼓舞了士气和人心，也必然引起元军对枫亭义军的忌恨。元将唆都下令加强对占领区内抵抗力量的清剿，也把枫亭义军列入重点打击的对象。为了保存义军队伍，义军们准备撤离枫亭，到大山里去藏器待时，再操刀反击，不过几天，义军们就走了。

义军们走时，陈达明驿长、副驿长、监官及多位驿吏员也跟着走了。晌午时，蔡日忠、荔娘和珍珠都来送行。陈达明说：

"现在，枫亭已被元军占领，我们像烧了庙的土地爷，无家可归了，也像骑瞎马拼命跑，听天由命了，只好跟义军们去投靠陈瓒，与元军拼个你死我活。"

日忠说："我们也不能回家了，荔娘身孕已七八个月了，也走不动了，只能暂时在西明寺一段时间再说。"

荔娘和珍珠看陈达明等人要走了，流泪说道："你们去吧，待枫亭恢复平静后，你们再回来吧！"

陈达明知道这是安慰的话，默默无言，握了握日忠的手走了。

这以后，荔娘和日忠夫妻就暂住在西明寺。西明寺里的僧侣们待他们一家很好，各方面给他们提供帮助，使荔娘一家很感动。日忠在枫亭街上开过海产商行，家境殷实，这次出走，他准备了一些钱，一家三人的米菜均由寺里的僧侣替他们买，以防暴露身份。珍珠一人也不敢回家，就在西明寺与荔娘他们一同生活，亲如一家。这样，他们四人同命运，共患难，在这里共同生活了有一个多月。

在这一个多月里，蔡日忠夫妻不但要保护好荔娘的人身安全，更要保护好荔娘肚子里胎儿,因为荔娘的肚子一天比一天大了,再也禁不起四处逃难奔波。可这胎儿,是陆大人的骨肉血脉,万一有个三长两短,他不但愧对陆大人,也难于向杨太后交代呀!而且荔娘是他的唯一女儿,可得小心保护,一点也不得出事。眼下,荔娘就要生孩子了,要在哪里生活呢?环境条件适宜吗?如何照顾呢?元兵还会来抓吗?一连串的问题,结果如何?不得而知,弄得大家日日不能安眠。

第十六章

蒙古王朝内战调兵　　多地又被宋军占领

荔娘生子太后赐名　　秀夫又回朝廷任职

　　正当蔡日忠左右犯愁的时候，形势发生了重大变化，这就是元兵北调，枫亭及整个兴化又回到宋军的控制之下。

　　元兵北调，这是因为元王朝是由多个部族组成的，除了称帝的忽必烈外，还有许多宗王，他们虽然同为成吉思汗的子孙，但内部争权夺利严重，内战不断。此时，蒙古诸王昔里吉、脱黑铁木儿等人又在西北边疆发动反对忽必烈的叛乱，忽必烈只得从南方抽调回兵力去西北平叛。

　　元军北调后，各地宋军和民兵义军揭竿而起，抓住时机大力反攻，群情鼎沸，取得了一系列的胜利，抗元斗争出现了可喜的气象：

　　长期在福建漳州一带的文天祥，出兵占领了广东梅州，并越过南岭展开了收复江西失地的战斗。文天祥一到江西，勤王军的旧部和各地的义民纷纷起来响应，一连收复了会昌、兴国等十几座县城，连庵庙寺祠也怒起反抗，有的和尚在旗上写上反抗标语，并称"时危聊作将，事定复为僧"。广东制置使张镇孙攻克了广州，为南澳海岛上的赵昰行朝提供了陆上屏障。张世杰自潮州派部将谢洪永进攻泉州，讨伐蒲寿庚，又传檄各路去攻取邵武军。早已投降元军的原福建招抚使王积翁看到形势不妙，就暗中与张世杰联络，与宋军保持接触。淮东义士张德兴、傅高，打着大宋景炎的年号，组织民兵攻入黄州，杀掉了元宣慰使郑鼎。浙江的季文龙在青田率众起义，附近七个县群起四应。而一直坚持在仙游和兴化县山区打击和骚扰元军的陈瓒军队，也趁机举兵攻打莆田城，杀了叛徒林华，夺回了兴化军。

在枫亭的元军，也已全部北调，这时的蒲均文担心宋军反攻，跑去泉州城，而他组织的一支几十人的自卫队，立刻成了一堆"烂萝卜"，没有了头儿，虽还在港上，却群龙无首，士气低落，四分五裂。

因此，先前逃离的枫亭老百姓，又纷纷回到自己的家里，陈达明驿长和多位吏员，还有珍珠，也趁势赶回枫亭。到枫亭后，陈达明与蔡日忠等都保讨论，临时组织了一支上百人的民兵保安队，以保卫枫亭百姓的人身和财产安全。

蔡日忠夫妇和荔娘回到枫亭，见枫亭满目疮痍，万户凋敝，活水亭和老家的门都被元兵在搜查时砸坏。活水亭房间里，陆秀夫当时留在家里的衣服和帽子等都被扔了一地，东西七歪八倒，一片狼藉，蔡日忠的老家，同样是破瓶破罐碎落满地，看了令人伤心。他们花了一天的时间，才把老家和活水亭打扫干净。

一切又恢复了平静，荔娘终于可以安心养胎了。看到女儿安然无事，一切正常，蔡日忠夫妇心中十分高兴。是啊，这几个月的颠沛流离，确实让荔娘疲惫不堪，心力交瘁，过着奔波辗转、东躲西藏的生活，寝食不安，提心吊胆，现在终于逢凶化吉，遇难成祥了。胎中的小宝贝也可以安稳过日子了。可这小宝贝，非一般人的结晶，可是陆大人的血肉，是陆大人对荔娘最宝贵的馈赠啊，千万要保护好！

在蔡日忠夫妻的悉心照料下，蔡荔娘的肚子一天天圆鼓起来，荔娘也健健康康地生活着。

转眼间，今年枫亭的荔枝采果期快结束了，但日忠由于逃难，没法采集，现在，该采了。看到自己种植的荔枝，一串串鲜红的果实，像千万盏小红灯笼挂满了翠绿的枝头，把满山遍野的荔枝树点缀得春机盎然，他心里充满了喜气。

蔡日忠家的荔枝树，今年长势旺盛，结果丰满。这天晌午，他带了一只小篮子，准备到树上采一点荔枝给夫人和荔娘品尝。当他刚爬到树上一会儿，家里就派人来催促了，说荔娘肚子痛，要生孩子了。

日忠听后，急忙忙下树，匆匆赶回家。当他赶回家时，看见杨氏已叫来了接生婆，荔娘正躺在床上，不时传出痛苦的呻吟声。

大家都紧张起来，邻居们也出出入入，想知道荔娘生了没有，是生男还是生女？直到晚上九点左右，大家才听到接生婆大声说："生出来了，生出来了，是个男婴！"接着就听见屋里传出一阵清脆而响亮的婴儿啼哭声："哇！哇！哇！哇！哇！哇！"

真是谢天谢地，陆家有幸啊！蔡日忠喜出望外，合抱双手，对天对地恭恭敬敬地打躬作揖后，这才催促杨氏，快进去抱出来，他要看看呐！

日忠看了许久，又将孩子转抱在荔娘身旁。荔娘从极度疲惫中，转眼细细地端详着身边的这个小生命：生得太像陆大人了。红扑扑的小脸上，睁着一双大眼睛，四处张望着，想看看这个世界到底是怎么个样子？想看看他的母亲是谁？想看看他的外公和外婆生得啥模样？而且，他那小巧灵活的嘴巴，正微笑着对着大家，很有礼貌啊！一身肉乎乎的，手脚不停地动着，一看就是一个十分令人喜爱的小婴儿。

荔娘看着婴儿，心中涌起了初为人母的喜悦，她笑着对正在忙碌的父母说："要是相公知道了，一定很高兴，怎么才能把这个喜讯尽快告诉相公呢？"

日忠马上说："我去，我去一趟。近来路途还安全，有你娘一人在家拿事，端月子汤就够了，我速去速回。"

第二天，荔娘在床上写了一封信，让父亲日忠交给陆大人，日忠马上出发奔赴潮州。

蔡日忠一路风风火火地辗转了四天，才到了潮州，一问陆秀夫的名字，大家都知道地方，于是蔡日忠很快就顺利地找到了陆秀夫的家。

陆秀夫此时正在广场上指导青年们练习武艺，培养抗元兵士，听说枫亭来人找他，他马上就回家了。一见是岳父，顿时千欢万喜，马上把日忠带到家中，并向家人说明了情况。

日忠把荔娘的信交给秀夫后，马上把荔娘生了个男婴的消息告诉秀夫。秀夫听后喜极而泣，说："多蒙两位大人照顾，荔娘才能平安生子，小人感恩不尽！"

日忠又把枫亭元兵进驻的情况和抓荔娘的事，从头到尾向陆秀夫说了。陆秀夫说："多蒙二老及多方支持，荔娘才能死里逃生，转危为安，谢谢你们两位老人了。"

接着，陆秀夫又把朝廷的大概情况和自己被诬陷的事说给日忠听。日忠说："现在朝廷是过一天算一天，处在十分危急的生死关头，能把你谪回家，未必是件坏事，只是我们救国的心没有死，还想为国尽忠，实现壮志。"

秀夫说："就是，就是，吾母也这么说。"

蔡日忠的突然到访，使陆秀夫了却了后顾之忧，心中像落下了一块大石头。自从那天离别以后，陆秀夫经常沉浸在离开蔡荔娘的巨大悲痛之中，寝无眠，食无味，唯有想起荔娘的音容笑貌时，他的心才宽慰一点。如今，荔娘顺利分娩，母子平安，这对他来说，是特大喜讯，怎能不令他高兴呢？想起自己如果能亲自去枫亭一趟，这该多幸福！但考虑到自己的地位、官职和现在的繁忙，还有我中有敌，敌中有我，万一自己暴露出来，被抓去了，就是死路一条。何况路又这么远，风险更大啊！因此，他感谢老天爷的恩赐，愿这孩子长大能承继家风，光耀门庭，不愧我陆家之后！陆秀夫这样想着想着，当晚就提笔写了四个大字：光前裕后。

这是他早年为家乡宗祠的题词，如今也要让它承载自己对新生儿子的美好期翼。当天，陆秀夫把这字幅装好交给日忠，并加付了一些钱币，让日忠带去，以给荔娘坐月子和孩子生长之用。

第二天，蔡日忠和陆秀夫一同去南澳岛向杨太后报喜。杨太后当初充当红娘为陆秀夫和蔡荔娘主婚，并让有孕在身的娘子不必随军奔波，就是为了荔娘能顺利地为陆秀夫生个一男半女，让忠良多延续一点血脉。如今生孩的愿望实现了，杨太后知道后自然很高兴，便欣然为婴儿命名，说："就叫'陆钊'吧，钊者，远也，愿他志气高远，前程远大。"

杨太后又为婴儿赐名，使陆秀夫和蔡日忠十分感动，说："感谢太后赐名。"

日忠感谢后又对杨太后说："陆大人真是一心为国啊，近来被诬告离职，还在家里组织青年抗元卫国，这样忠心为国者，为数不多啊！"

这时，张世杰在旁，他指责陈宜中说："都什么时候了，还要青蝇染白，大业未济，人才有限，动辄令台谏整人，我若不可相公意，亦当如此。"

是啊，国家就要灭亡了，陈宜中还要搞窝里斗，这实在引起了千夫所指。众人纷纷指责陈宜中。

陈宜中对陆秀夫的罢贬处理本来就不公，知道理亏，受到了张世杰等人的强烈声讨后，心中立刻有了匡正之念，说："那就叫他回来吧！"

杨太后此时看着陆秀夫，聆取各方意见，眼前浮现出陆秀夫正直耿介、勤勉政事和一心为国的印象来，心中也立刻涌现出许多感慨。她知道陆秀夫是位好人，是被诬告了，就当着陈宜中等人的面说：

"陆爱卿生性耿直，忠心为国，是个难得的人才，眼下正是国势陵夷之时，急用人才之际，速让他回来吧！"

张世杰马上说："杨太后有远见，陆大人确似昆山片玉、沧海明珠，这样的人才，难得呀！"

就这样，陆秀夫在潮州十八个月，又恢复了原职，回到了行朝。

陆秀夫这次复职就任，还准备带走妾倪氏、子八郎（年7岁）、九郎（年5岁）及幼女。其赵氏夫人、长子繇（年15岁）、长媳周氏和七郎（年12岁）均留居潮州。

第三天，蔡日忠就赶路回家了。陆秀夫送他走了一大段路，并把陆母的金环镯、夫人赵氏做的两套新衣一同交予日忠，请他交给荔娘。

陆秀夫喜得贵子的消息传开后，给枫亭蔡日忠家带来了极大的欢乐。现在，由于杨太后又给婴儿赐名，许多亲朋好友包括朝廷臣僚、军中将士都向他们道贺，就连远在江西抗敌前线指挥作战的文天祥也送礼道贺，并送两俪语曰：

陆相夫人生陆子，枫亭诞孕拜枫宸。

与此同时，因陆秀夫官复原职（不久又传出朝廷要升陆秀夫为左丞相），所以陆秀夫也收到很多贺诗贺文，如当时的状元林济孙贺日：

大丞相唯知以国为家懿旨存留嗣续，少夫人得育令儿受室天心着代昌期。

还有当时的学士郑颐吉就贺日：

官拜祥兴朝左相，身扶帝子奠中原。

另有许多贺词、贺文，更给蔡家增添了无比的荣耀，特别是陆秀夫恢复官职回到了朝廷的权力中枢，一连串的喜事接踵而来，让喜庆的气氛浓上加浓。近日来，蔡家张灯结彩，喜气盈门，多日来人来客往，门庭若市，不但枫亭的乡亲们纷纷前来道喜称贺，就连远在莆田、仙游、晋江、泉州等地的蔡家宗亲，也都送来了锦帛、食物和首饰等礼物，有的还送来了名贵画作和楹联。蔡日忠还把陆秀夫亲笔写的"光前裕后"四个字，挂在大厅上，作为家训。

这天晚上，荔娘做了个梦，梦见陆大人走进家中，荔娘高兴地迎了前去，说："相公，你想不想我啊？"陆大人看到荔娘迎上来了，热情地把她拥抱住，说："想，想。"荔娘又说："快看看您的钊儿吧，小家伙长得太像你了。"陆大人笑逐颜开，赶紧过去把钊儿抱起。荔娘又对钊儿说："你爹终于来看你了，快给爹笑一笑。"钊儿果然咧着嘴笑了，红扑扑的脸上似乎写满了幸福。荔娘又对陆大人说："快亲一亲你的儿子吧！"陆大人亲了亲儿子，说："我第一个应该亲你才对啊！"说着，就把荔娘亲了又亲，说："娘子，你辛苦了，我要特别感谢你！"荔娘说："你别这么说了，你再说，我要哭了。"

顿时，荔娘就醒过来了，她摸了摸床头，只有小钊儿安然地睡着，却不见陆大人。悲欢喜乐，一个梦，引得荔娘情不自禁地流出了眼泪。是的，一场喜庆之后，一场经历了浩劫和灾难之后的生子喜庆，留下的，依然是长久的回忆和深深的思念。

第十七章

元军大举攻宋获胜　赵昰皇帝病死海岛
宋又立赵昺为皇帝　被迫退到广东崖山

景炎二年夏秋季节，元王朝在平息了内部叛乱后，又大量增兵挥师南下，再次向宋朝抵抗力量发动攻势，淮浙、广西、江西、福建等地相继又掀起了一场殊死恶战。

元将阿里海牙率兵攻打广西，邕州知州马墍屯兵据守的静江城（今桂林），前后与元军打了数十仗，士兵战死无数，阿里海奏请忽必烈，给马墍以"江西大都督"引诱劝降，可是马墍烧了诏书，杀了信使，又与敌军血战，最后马墍力穷势孤，因手臂受伤而被俘。但马墍在被斩首后，竟还能够紧握拳头傲然挺立一个时辰才扑倒在地，实现了自己"至死不屈"的誓言。

广西提刑官邓得遇闻知静江城破和马墍战死，哀痛欲绝，跪地向南拜了三拜，以表自己对皇帝和宋朝的忠心，然后跳入奔腾的南流江自尽。临终前，他留下遗言："宋室忠臣，邓氏孝子，不忍偷生，甘心溺死！"表现了宁死不屈的抗元决心。

静江城被攻破后，元军又分兵夺取了郁林、浔州、容州、藤州和梧州等地，几乎占领了广西全境。

江西战场上，元将李恒率援兵袭击兴国。文天祥的同都督府失利，仓促撤退，手下几名重要干将巩信、张日中等不幸牺牲。文天祥的妻子欧阳氏，文天祥的次子文佛生、二女儿仰娘、三女儿环娘以及环娘的生母颜氏，佛生的生母黄氏，都成了俘虏。

浙江元将贲亨率兵进攻季文龙，季文龙在恶溪带领两万起义军在激战失利后跳水而死。

元将唆都攻打福建，他先是驰援泉州，以优势兵力迫使张世杰退兵。在解了泉州之围后，唆都又去攻取邵武和莆田，邵武又落到元军手中。莆田陈瓒闭城坚守，唆都到城下劝降，城上矢石雨下，元兵便造云梯、石炮，攻破了兴化城，莆田因此再次沦陷，陈瓒被唆都擒获，最后被车裂而死。陈瓒的另一个侄儿，即陈文龙的弟弟陈勇虎，也在莆田保卫战中牺牲。陈勇虎妻子朱氏则在城破时自缢身亡。至此，陈家一门忠烈全部为国捐躯，后人念其忠，心泪满襟。

莆田经历了两次屠城，一时间内，血流成河，汩汩有声，莆田人口仅剩下了八分之一。

唆都攻陷邵武和莆田后，再取漳州、潮州，与吕师夔会合进攻广州取胜，而淮东义军首领张德兴，也被元军攻杀，另一首领傅高率余部潜逃，最终也被杀害。这样，黄州、寿昌军又都陷落了。

在湖南，也是豆腐顶不了刀。由于永新失守，同督府溃败的消息传来，那里的抗元义军以为大势已去，也纷纷退走，已经收复的湖南各县再次沦陷。只有陈子全仍率部据守，元军日夜进攻，陈子全胸中流矢而死，其子都被俘杀，妻子及其他所有家属都死在狱中。

形势急转直下，一个个令人震惊和痛心的消息传来，牵动着所有人的心，宋朝的君臣将士们都陷入了痛苦和恐慌之中。但更令宋朝朝廷担心的是，元将唆都、塔出、也得迷失等人，又集中海陆兵力，开始直接攻击朝廷了！

赵昰行朝难于在南澳立足，只得迁移到秀山（今广东珠江虎门内的虎头山）。山中有居民万余家，张世杰本打算买当地富民的宅院让赵昰等居住，谁知到了秀山，士兵多病死。不久，元将哈剌歹、刘深等人又率兵发起进攻，宋军在秀山海域中遭到重创，被迫游离到一个叫井澳的小岛（即今广东珠江口西侧的横琴岛）。

仿佛老天也要和小皇帝等人过不去。一天，船队陡然间遇上一场飓风，恶浪如山，许多船只沉没海中，士兵溺死大半，虽然小皇帝赵昰乘坐的楼船未被掀翻，但年幼的小皇帝却掉进大海里，虽被救起，却被淹得半死，受惊吓得了重病。从此，小皇帝一病不起，连话也无法说一句。

岌岌可危的形势，摧残着人们的神智，也检验着忠奸善恶。身为左丞相兼枢密使、都督诸路军马的陈宜中，计穷力屈，惊惶失措，不想再过这种风里来、浪里去的生活，主张把小朝廷迁往占城（今越南中南部）去偏安一隅，并重演临安陷落前夜晚潜逃的故伎，借口先去探路，带着一条船到占城后，就溜之大吉，从此销声匿迹，再也没有回来。

陈宜中是个孽臣，身为百官首揆，在国家最危难的时候，危而不持，一再上演临阵脱逃的闹剧，实属败类。据说，陈宜中逃到占城，也没能避过战祸，几年后，元军攻打越南，占城沦陷，陈宜中又逃到暹罗去，成了海外遗民。据说他后来死在暹罗。

在这种艰难的环境中，恢复官职不久的陆秀夫和张世杰等人一起总揆百事，苦苦支撑着这个七零八落的海上行朝的日常运作。当时，朝廷已经衰败得不成样子，杨太后迫于事态，对群臣说话都不敢摆皇家和太后的架子，只是自称"奴"而已。陆秀夫为了维护皇室的权威，从艰难的困厄中维持朝廷秩序，坚持按照旧日临安朝廷的礼仪制度行礼办事，在群臣面见太后和皇帝时，总是按部就班，带头衣冠严整，持笏而立，穿绯色罗袍裙，束以大带，再以革带系绯罗蔽膝，挂玉剑，腰旁挂锦绶，戴进贤冠，恭恭敬敬，郑重其事。他是多么希望这个不像朝廷的朝廷兴废继绝，还能像正规朝廷一样，为各地军民保存一面旗帜，保留一些希望。但因常常想起现状，知道已无回天之力，故仰屋窃叹，凄然泣下，竟将一袭衣袍尽数染湿，左右观之，无不恸哭失声。

景炎三年（1278 年）三月，在元军的不断追击下，张世杰和陆秀夫只好带着带病的小皇帝在海上飘流，先是逃向珠江口外的谢女峡（今香港九龙），又回到广州，最后，漂流到雷州半岛附近的硇州岛（音"挠"，即广东湛江以南的硇洲岛），算是暂时找到了一个落脚的地方。

硇州岛不大，方圆只有数十里，地质干燥，连淡水都很少，但朝廷没有去路，只得在这里修筑城池，构造工事，设防布防，甚至还办了一间书院，形成了一个新的海上抗敌大本营，准备长期据守。为了保持皇室的威仪，陆秀夫等人还在岛上百堵皆作，建造了一座长五十四丈、宽三十六丈的皇宫。

但天有不测风云，不几天，一个更大的不幸，又降临到赵宋王朝的头上。

这就是赵昰皇帝久治不愈，病情加重，挨到景炎三年四月十六日（1278 年农历四月），油尽灯灭，死在这个小海岛上。死的时候，年仅十一岁。

景炎皇帝驾崩的消息，引起行朝上下一片混乱，就连一部分大臣也悲观失望，萌生离散之意。

这时的陆秀夫，虽忧心如焚，但却虎瘦雄心在，因为皇帝是一个王朝的象征，是一个政权的代表，国不可一日无君，民不可一日无主，为稳住局面，他登高一呼，慨然说道：

> "度宗皇帝（赵禥）一子（赵昺）尚在，如何能弃而不顾！古人有以一旅（五百人）成中兴者，今百官有司（泛指官员们）皆具，士卒数万，天若未绝宋，岂非一国？"

陆秀夫的崇论闳议，像卤水点豆腐，大家顿时都不吱声了，也大大激励了在场的人。众人觉得有理，便按照陆秀夫的主张，立赵昰的弟弟、八岁的卫王赵昺为新帝。据说，当时有人看到黄龙在海上翻腾，于是改号为"祥兴"，升硇州为翔龙县。杨太后仍旧听政，并追加已故皇帝赵昰谥号为"端宗"。

新帝确立后，加陆秀夫为左丞相，辅佐朝政，总揽军国大事，成为主持朝政的一号人物；文天祥为右丞相，在陆上发展义军，以图收复失地；封张世杰为越国公、枢密使、太傅，负责军事指挥。

四月中旬，祥兴皇帝赵昺的新君接位仪式和已故皇帝端宗的追思会，在碙洲岛上同时举行。

碙洲岛上，哀乐低回，文武百官，默然肃立。陆秀夫站在端宗灵柩之旁，郑重地宣读了《景炎皇帝遗诏》和《祥兴皇帝登宝位诏》。

《景炎皇帝遗诏》如下：

朕以冲幼之资，当艰危之会。方太皇命之南服，黾勉于行；及三宫胥而北迁。悲忧欲死。卧薪之愤，饭麦不忘；奈何乎人，犹托于我？涉瓯而肇霸府，次闽而拟行都，吾无乐乎为君，天未释于有宋。强膺推戴，深抱惧惭！

而敌志无厌，氛祲甚恶，海梓浮避，澳岸栖存。虽国步之如斯，意时机之有待。乃季冬之月，忽大雾以风，舟楫为之一摧，神明拔于既溺。事而至此，夫复何言？刭惊魂之未安，奄北哨其已及。赖师之武，荷天之灵，连滨于危，以相所往。沙洲何所，垂阅十旬；气候不齐，积成今疾。念众心之巩固，忍万苦以违离。药非不良，命不可逭。

唯此一发千钧之重，幸哉连枝同气之依。卫王某，聪明夙成，仁孝天赋，相从险阻，久系本根。可于柩前皇帝位，传玺绶。丧制以日易月。内庭不用过哀，梓宫毋得辄置金玉，一切务从简约。安便州郡，权暂奉陵寝。

呜呼！穷山极川，古所未尝之患难；凉德薄祚，我乃有负于臣民。尚竭至忠，共扶新运。故兹诏示，想宜知悉。

该诏意思是：我以年幼虚弱之资质，担当起这艰难危急的局势。正在奉太皇圣命在南方，尽力行走，从事抗元斗争，到知道三宫相继被掳往北方迁移时，我悲伤忧愁，苦不欲生。睡觉时心中都烦闷，吃饭时心中都不能忘记。没有办法之下，为什么大家还要将希望寄托在我身上呢？到偏僻的边地建立帅府，推任我为天下兵马大元帅，而后在福建福州设立行都，推我登上皇位，但我并不乐于当这个皇帝，是上天还没有放弃大宋朝。由于大家竭力拥护我，我深深感到恐慌和惭愧！

但敌人的欲望并不满足，凶气十分嚣张，我只得在海上漂浮避逃，在海边、水湾、河岸栖息生存。虽说国家的命运已到了如此境地，但我相信保宋复国的时机还是会有的。在冬天的时候，海上忽然起了大雾、大风，船只被掀翻了，我落海溺水，精神灵魂都没有了。事情都这样了，还有什么说的？况且惊魂未定，忽然元军的前哨又追赶上来了。幸好依赖军队的武勇，承蒙上天的威灵，虽然接连不断濒临危险，仍能相助我逃离灾难。井澳这个沙洲是个什么样的地方呢？我在那里的经历接近一百天，气候反常，累积成今天这场大病。想到大家万众一心，意志坚定，忍受痛苦就要与你们别离了，我真是一万个不忍心。医生的药不是不好，而是我自己无法逃避死亡的命运。

而今在这个危急时刻的重担，幸好还有同胞兄弟可以委托和依靠。卫王赵昺，素来聪明智慧，天生秉性就仁爱孝敬，随我经历艰难险阻，早就具有皇祖传统的根基，可让他在灵柩前接皇帝位，授予传国印玺。丧制以一日代替一月，宫廷内不要过于哀伤，棺木中不得动辄放置金玉财宝，一切事项务必简单节约。为使地方州郡安定，陵寝暂时权宜安置。

呜呼！穷山尽水，古人不曾经历这等灾患苦难；薄德薄命，我实在对不起臣民，希望大家竭尽最大的忠诚，共同辅佐新帝赵昺。特此发布诏书，以示天下，我的一片希望，想必你们能够知道。

这份遗诏出自陆秀夫之手，写得诚恳深刻，委婉动人。念罢遗诏，满朝文武官员一个个都泪出痛肠，扼腕长叹。大家都为赵昰皇帝的苦难命运而叹息不已，同时也被他明察民情、节俭办丧和传位新君，期盼社稷复兴的良苦用心而深深感动，大家都箴规磨切，一股为复国保宋而奋斗牺牲的热情，又在人们的心里久久涌动。

陆秀夫满腹珠玑，在同样代拟的《祥兴皇帝登宝位诏》中，也是借新皇帝之口，勉励各位大臣继承先皇遗志，兢兢业业，顺着先道奋力前行。告诫大家须知成败在此一举，我们务须牢记国仇，报君父之恩。而今国脉势单力薄，山河破碎，建立复国功业，已是难上加难，尚赖元勋宿将，义士忠臣，同甘共苦，立下祖逖之誓，齐心协力，尊贤使能，与君王同仇敌忾，在艰难中誓死捍卫我大宋国朝。

陆秀夫的话，发自肺腑，一字千金，掉在地上都能砸出个坑来。两份诏书布告各地后，安定了民心，给了人们一份光复故国的希望和决心，人们对新皇帝、新政权，又寄托了抗元复国的梦想。

幼帝登基后，局面依然极为艰难，由于文天祥等各路兵马不断失利，海上行朝失去了大部分陆地屏障，连粮食和武器装备的供应补充也越来越困难，特别是琼州（海南岛海口）失守，就更雪上加霜。因为从琼州到碙州的海路滩浅水急，转运困难，中途还会遭到雷州元军的追击，于是行朝派张应科、王用领兵去攻取雷州，张应科三战失利，王用降元，后张应科收兵又战，败死，张世杰又亲自领兵包围雷州岛，城中粮绝，析骨而炊，张世杰只得退兵。因此，碙州行朝又失去了海南岛这个大后方，于是，陆秀夫与张世杰商量，希望能找一个安身之所，把幼帝移跸安顿下来，重整旗鼓，东山再起。

最终，陆秀夫和张世杰选择在广州附近的崖山安营扎寨，一是因为正巧这时都统制凌震和转运官王道夫再次收复广州，二是看上这里的地理形势，认为有天险可恃。从此，南宋的这个小朝廷偏安一隅，再难图谋收回沦丧的国土，做好了死守最后属地的准备，想要扭转乾坤已不可能。

崖山在广东新会县以南八十到一百千米的一个海湾中，周围密密麻麻地分布着许多岛屿。崖山与奇石山相对，如两扇大门，周围潮汐奔涌，舟行艰难，是一处可据险固守的天然堡垒。这个岛屿多山，方圆只有五十千米。崖山北面的海水通道非常浅，连敌人最小的战船也不能通过，南面通道则被地势非常险峻的小岛所环绕，站在这些小岛上，很容易监视对方的活动。而崖山可以驻泊大批船只，便于船只隐蔽，也便于扼守，所以他们认为以崖山作为基地，可以长期防守，力保大宋皇室长久无虞。

祥兴元年六月，陆秀夫、张世杰等人把幼帝移至崖山，同时，行朝把赵昰皇帝的灵柩暂时殡于香山县（广东中山）马南宝家。九月初一，行朝又把赵昰的灵柩从香山县移葬到崖山寿星塘永福陵。

从此，张世杰倚恃崖山天险，率兵防守，并招兵扩军；陆秀夫则内调工役，外筹军旅，上山伐木，建筑房屋，一直忙了四个月，终于建成了庄严的行宫三十间，士兵住房三千多间，兵力也大为发展。他们生活多在船上，生活所需的物资和粮食取办于广西各州和海外四州。张世杰还大造船只和各类器械，陆秀夫还每日为小皇帝讲授朱熹的《大学章句》。一时间内，他们聚集了大批有志之士，支撑着风雨飘摇的南宋政权。

但天意难测。就在南宋流亡政权转移到崖山之后，突然"有大星东南流，坠海中，小星千余随之，声如雷，数刻乃已"。这似乎预示着南宋君臣即将迎来惨烈的命运。

第十八章

陈达明夺船奔朝廷　　荔娘托信给陆秀夫
道义身受重伤在床　　病危珍珠含泪照顾

　　形势再度紧张起来，令人牵肠挂肚。总的来说，宋军步步败退，已退到无路可走的地步；元军是步步为营，包围圈渐渐变小，把宋朝朝廷紧紧包围在崖山一带，除了在陆地上还有文天祥的一支军队外，宋朝朝廷只能孤军作战，以死相搏，别无办法了。

　　形势的不利变化，作为枫亭驿长的陈达明是清楚的。他想，在这浊世里，枫亭是无法待下去了，因为元军再来，在枫亭的头一批抓捕名单中，就会有他。若被元军抓去，砍头是肯定的，那么多宋朝的官员、勇将还不是被元军抓去就杀了吗？因此，陈达明对手下几个吏员说："我们现在求生不得，求死不能，不如趁元军还没来，我们从蒲均文处夺得几只船，运点粮食和急需品一同去朝廷，和朝廷同生死，共存亡。"

　　这是逼上梁山之计，别无他法了。大家一听，都心折首肯，说："好，好，秘密行动，寻机出发。"

　　接着，大家就做了分工，准备条件一成熟就马上行动。

　　这天晚上，珍珠正在荔娘家玩，日忠夫妇也在，陈达明来了，将这一决定秘密告诉他们。

日忠考虑了一会儿，说："去就去吧，在枫亭，躲得过初一，躲不过十五，总有一天会被抓到。"

杨氏听后，赞同日忠和陈达明的主张，说："过河的卒子，只有向前了。"

荔娘正在考虑这一问题，珍珠说："好的，好的，我也要跟着去，不曾远离别，安知慕俦侣，我想夫綦切，很想去看看刘道义一趟再回来。荔娘的孩子才一岁多，要人照顾，不能走；日忠二位老人当然要陪荔娘渡过难关，也不能走。"珍珠的话，荔娘是理解的，因为孩子还小，自己当然要在家中照顾。

就这样，陈达明几天以来，一是跟妻子讲清这件事的生死关系，二是积极准备，待机行事。珍珠也去做了远行的准备。荔娘也写了一封信托珍珠交给陆秀夫。

很快，陈达明等人就准备好了五十石粮食和一些急用品，暗中召集了近二百人，准备某日突袭蒲均文，迫使他作出出船决定。

这天中午，有人发现蒲均文从泉州回到枫亭住处，陈达明等人马上行动起来，携刀佩剑包围了蒲均文的住处。

此时蒲均文正抱着两个妓女，一听到楼下的叫喊声，马上吓得重足而立，失魂落魄。两个妓女更是慌张，一个钻在床底下，一个躲在桌子底下。

大家冲进蒲均文的房间，蒲均文没有一点思想准备，也没有保镖在旁，吓得一步一步向后退。

陈达明说："大家抗元保宋，你却抗宋保元，跟你父亲走，你说，今天你该不该死？"

蒲均文吓得屁滚尿流，赶紧说："饶命啊，陈驿长，我保宋……保宋……"

陈达明硬硬地说："要饶你一命，你今天就得为我们办件事。"

蒲均文还是瑟瑟发抖，说："只要你们饶我一命，我什么都答应。"

陈达明说："你马上发出指令，派二十艘船来前往广东。"

蒲均文还是吓得腿肚子转筋，只好丢卒保车，说："好，好，我马上办。"

就这样，大家饶了蒲均文一条命，换来了二十艘船。到傍晚的时候，货物全部装船完毕，准备夜行日宿。

不多久，要去的人都到齐了，珍珠当然也跟了去了。随后，船队排成一条直线，首尾相应，舳舻相继，浩浩荡荡地乘风破浪，逶迤前行。

一切都很顺利，一路上不但没有被元军检查扣留，而且这几天的天气也好，海上风平浪静，不日，陈达明等一百多人就到达崖山，找到了陆秀夫丞相。

陈达明他们的到来，使陆秀夫既感到惊讶也感到高兴。惊讶的是在这乱世之中，陈达明他们竟敢冒着生命危险毅然奔波而来，高兴的是宋朝的力量又多了一点，正当朝廷粮食开始供应紧张，他们又能及时补给，略尽绵力。陆秀夫迎接了陈达明等人后，一面传令将陈达明他们马上编入船队，一面向小皇帝和杨太后奏报。杨太后听后大喜，说："我们并不孤单，千条小溪流成河，万只蜜蜂垒成窝，我们还有千百万民众忠心耿耿地为国出力呢！"听说张珍珠不远千里也特地来看刘道义，杨太后也感动了，说："真是'秋风吹不尽，总是玉关情'。"

接着，陆秀夫马上就去见了张珍珠。张珍珠因是蔡荔娘最要好的人，很多消息他都想从张珍珠这里知道。张珍珠的到来，陆秀夫欣喜雀跃，忙里偷闲，马上来找张珍珠。

陆秀夫一来，张珍珠也欣喜若狂，赶紧把蔡荔娘写给陆秀夫的信拿给陆秀夫，陆秀夫接过信，打开一看，上面写道：

　　相公：悉知君任丞相，十分欣慰。君为国效劳，当尽力之，能攀升官职，是国给之名誉也，希尽力为国效劳吧！家中一切均好，勿念。你的钏儿已一岁三月余，能叫爹、娘、外公、外婆了。所欠你我两地悬隔，天各一方，睽别以后，屈指一算，倏近两年。想君之心也，一日三秋，备受煎熬，余音之处，待后再叙，望多加保重。

爱妾：蔡荔娘上

祥兴元年十二月二十日

烽火连三月，家书抵万金，在这动荡的岁月里，他多么急切期盼蔡荔娘的消息。陆秀夫看后，顿时感愧万分。是啊！陆大人欠蔡荔娘太多了，这所欠的东西就是才结婚不到两个月就分离了，使蔡荔娘孤床一人，望月难眠，心意恹懒，满腹哀怨。但荔娘哀伤的不仅是陆大人远离带走的夫妻之间的欢乐，她哀伤还有国朝社稷的命运，百姓的命运，陆大人的命运。因为，国与家，家与国，血相通，一条心，有国才有家，有家才有国，荔娘知道这个道理，所以她才不后悔嫁给比自己年龄大二十多岁的人，她才自己独守家门，让自己的心中人冒险为国出力呢！

十二月二十日，也正是文天祥在五坡岭被捕的日子啊！

看完信，陆秀夫心里感慨万千，有很多话要对荔娘说啊！但眼前的是张珍珠，所以，他只能多多了解荔娘在家的生活状况，除此之外，别无办法了。

陆秀夫与张珍珠兴奋地抵掌面谈一会儿后，珍珠才说她这次是特地来看刘道义的，因为两人结婚后，只相处了一个多月，因此特别盼望能看到他，趁这个机会，她就来了，准备几天后回枫亭去。

这时候的陆秀夫，心情非常沉重。他说："刘道义天生聪明灵活，为人踏实，我很希望把刘道义培养成一名骨干人员，不幸的是，前几天在与元军的对战中，他的背部被砍了一刀，这刀刃上淬有剧毒，近几天越来越脓肿，正在医治中。"

张珍珠听了，心里像打翻了五味瓶，马上就哭了起来。她说："他现在在哪儿呢？我要快去看看。"是啊，听到这不幸的消息，她顿时柔肠寸断，心里像雷击一样难受，她迫不及待地要去看刘道义。

陆秀夫当即带张珍珠到另外一条船上，找到了刘道义。

之后，有人喊陆大人，陆秀夫便出去了，说等下他会再来。

珍珠的突然到来，令刘道义感到很惊讶，他挣扎着抬起头，问："你怎么会来了呢？"

珍珠看到刘道义躺在床上，心里非常难过。她只"嗯"了一声，用手去摸丈夫的脸，随之，眼泪就出来了。是啊，面对朝思暮想的心中人，现在受伤到只能躺不能立，还发高烧，她心里一阵发酸，五味杂陈，痛苦涌上心头。一年多来的思念，一路上的辛苦奔波，就是为了看到一个健健康康的丈夫，现在眼前的丈夫是这个样子，她能不痛心入骨吗？

珍珠问："现在伤势怎么样了？怎么又发高烧了。"

刘道义说："这伤口本来不是很大，只是元兵的刀口淬有毒液，所以创口沾染了毒素，回家后越肿越大，越肿越化脓，就发烧了。"

珍珠当即去看刘道义背上的伤口。不看不知道，看了吓了一跳，伤口足足有五寸长，红肿得厉害，流着脓水。

珍珠说："伤口这么大，还说不大，化脓了怎么办呢？"

道义说："现在船上也没有什么药了，伤员多，只能用常用的草药敷着，喝药汤，听天由命，没什么办法了。"

珍珠看了，听了，犹如切骨之痛，因为心中最害怕的事发生了。她知道这里现在已无灵丹妙药。她无能为力地怆然泪下，问："你是怎么受伤的呢？"

道义即把那天受伤的经过说了……

第十九章

道义叙述受伤经过　　天祥在五坡岭被捕
道义牺牲葬在崖山　　珍珠痛哭无法回枫

原来，在赵昰皇帝病逝、幼帝赵昺刚登基的时候，文天祥因母亲和弟弟都在惠州，就招集一些残兵去了惠州。然后，带着母亲、弟弟一同到达丽江，并上疏朝廷，说自己兵败江西，应该受罚。但朝廷认为，江西虽败，而文天祥忠心耿耿，抗元决心坚定，不但不应处罚，还应予以奖誉。因此，给予文天祥颁诏奖谕，加封为信国公，并封其母曾德慈为齐、魏国夫人，还赏金三百两犒劳将士。

但曾德慈在得到齐、魏两国夫人称号前，已经染上了疾病。文天祥一面让文璋侍奉老母汤药，一面派人通知在惠州的文壁。

文壁闻讯立即赶到，可惜未等文壁到来，曾德慈已于九月初七寅时与世长辞，享年六十五岁。文壁在途中得到噩耗，号啕痛哭，在曾德慈入殓时，在场的子女除了文天祥、文壁、文璋兄弟三人外，还有二妹文淑孙。至于大妹文懿孙，已被元兵俘往元大都。

之后，文天祥收拾余部，扩充军队和地盘，力图在陆地上给海上的行朝更多的掩护和支援，这样，朝廷在派人将诏谕及加封其为信国公的奖誉通知送给文天祥时，陆秀夫考虑到刘道义机灵勇敢，就推荐刘道义带几个人担任护诏特使。这样，刘道义就到文天祥这里了，但要回去的时候，路上开始出现小股元军，恐有所失，文天祥就把他们暂时收留在兵部。

文天祥艰苦搏斗，一心就想抗元救国，而不是为了封号和金钱。当时疫病流行，同督府已死了数百人，文天祥本人也几次得病，他就多次请求移军去崖山，但行朝却一味拒绝，把他留在陆地，这使文天祥感到很委屈，又十分愤怒，他写信给陆秀夫抗议说："天子幼冲，宰相荒遁，制诏敕令，出诸公之口，岂得不惜军士，以游词相拒？"（天子现在还是幼小孩童时期，宰相逃跑，不知到哪里去了，国家政策、命令的制定发布，全部靠诸位官员制定发布，怎么可以不珍惜军士生命，用一些不切实际的词语来拒绝呢？）但因张世杰与文天祥不和，张世杰手中掌握着军队，陆秀夫本人也受其控制，因此陆秀夫收到文天祥的信后，也只能长叹一声，无法给予答复。

赵昺皇帝登基后，杨太后依旧垂帘听政。她向蒙古人派出乞和使者，希望忽必烈能给予立国三百余年的宋朝留条生路，但忽必烈认为这个政权已经穷途末路，只需要用武力解决即可，因此急诏江东宣慰使张弘范入京，授予蒙、汉都元帅之职，委托他率兵彻底消灭南宋的残余势力。

张弘范是元朝开国元勋张柔的第九个儿子，在蒙古享有很高的威信，不过忽必烈在此时已将元朝的人民划分为四等。张弘范虽然位高权重，但由于是汉人出身，只是三等公民，身份地位低，带兵打仗勉强可行，但担任大军的主帅恐怕难使蒙古王公贵族心服口服。张弘范也意识到这方面的缺陷，极力推辞，力请忽必烈另派灭宋主帅，不过忽必烈此时认为消灭南宋的残余势力，不是一件难事，没有必要派重臣出马，因此仍令张弘范为南征主帅，并赐他一把尚方宝剑，号令蒙汉诸将。

文天祥在领兵路过潮阳县东郊的东山时，曾去拜谒唐代爱国志士张巡、许远的"双忠庙"，并作《沁园春》词如下：

为子死孝，为臣死忠，死又何妨。自光岳气分，士无全节；君臣义缺，谁负刚肠。骂贼张巡，爱君许远，留取声名万古香。后来者，无二公之操，百炼之钢。

　　人生翕歘云亡。好烈烈轰轰做一场，使当时卖国，甘心降虏，受人唾骂，安得流芳。古庙幽沉，仪容俨雅，枯木寒鸦几夕阳，邮亭下，有奸雄过此，仔细思量。

　　该词意是：为人子，应当舍身表示孝道，为人臣，应当以死尽忠。即使是死了，又有什么大不了？自从山河破碎，那些没有尽忠报国的人，君臣之间的道德和礼仪都被破坏，他们有一腔正义吗？骂安禄山为贼的张巡，忠爱皇帝的许远，对国家一片忠心，坚定如一，所以留下了千年万代的好名声。后来的人，都没有这两位贤德忠臣的品行和志气，以及百炼成钢的骨气。

　　人的一辈子，生死一瞬间，应该轰轰烈烈干一番事业。假如当时卖国，甘心投降，那么，受后人唾骂是肯定的，怎么会留下好名声呢？忠臣烈士的庙堂庄严，厚重，即使庙前树木已经干枯，即使乌鸦在夕阳下鸣叫，但是，就是英雄路过这里，也要礼拜、祭奠一番，若是奸仔路过，更要好好反省自己。

　　从这首词里，可知文天祥信守"忠孝"的道德原则。想当初，唐朝安禄山叛乱时，张巡、许远共守睢阳，在内无粮草，外无援兵的情况下，坚守数月，直至城陷被俘。不屈而死，只有这样的爱国志士，才能受后人敬仰。人生苦短，就应该像他们一样为国为民做一番事业。在这首词里，文天祥还劝卖国奸臣好好反省自己，表明了自己爱国尽忠的思想，同时对谢道清、陈宜中之流屈膝投敌等劣径作了尖锐批判。

　　在同督府军队屯驻潮阳期间，文天祥还曾登临潮阳以南海门的莲花峰。他登上峰顶，遥望南海，心潮澎湃，想到自己历经千辛万苦，就是为了抗元复国。可是，现在，自己既要与元兵周旋，又遇到疫病袭击，兵力损失惨重，而朝廷却拒绝他回朝，把他孤零零地抛弃在被元军包围的阵地上，就是皇帝也只顾逃跑，毫无抗元措施。想到这些，文天祥此时不禁在蓬花峰上热泪长流。正像明人漆嘉祉在《蓬花峰吊文信国》一诗中所描述的"……孤臣血泪盈怀抱……"

但此时，文天祥又得到一个噩耗，十一月初九，文天祥的嫡长子道生因病而死。由于空坑战斗溃败时，佛生失踪，现在，又失去道生这一根独苗，这对他来说，是非常沉重的打击！

公元1278年10月，蒙古大军分路挺进，主帅张弘范率领水军经海道南下，副帅李恒率步骑自梅岭进入广东，约定会师于崖山，与此同时，蒙古大将阿里海牙也在广西发兵，配合元军主力行动。十一月，元军副师李恒首先逼近广州，宋军守将王道夫弃城而逃，使广州再度落入元军手中。元军主帅张弘范也在此时由漳州上岸，不久后收到谍报，称南宋重臣文天祥正屯兵于潮州，张弘范立即派前锋张宏正率五百轻骑突袭。

此后不久，文天祥从一艘由明州漂到潮阳的海船中俘获元军水兵二十余人，得知张弘范正率大军分水陆两路进入广东，即将来攻打潮州，文天祥立刻将此情况派人报告朝廷。

十二月初，广州失陷后，文天祥觉得在潮阳是待不下去了，便率部转往海丰，准备进入南岭，筑寨据险自守。

十二月二十日中午，文天祥的部队转移到了海丰北面的五坡岭，也就是南岭山区。命赵孟溁为先锋，邹㴑殿后，狡猾的元军步卒则装扮成"乡人"向文天祥队伍不断靠近。邹㴑走在队伍后面，他虽发现了那些"乡人"，但没有太警惕，而当那些"乡人"突然袭击向文天祥发动袭击时，邹㴑已无法还击。这位跟随文天祥出生入死多年的抗元英雄痛心自己殿后无功，更不愿做俘虏，便举刀自刎，幸被部下阻拦，一起退入南岭山中，过了十天，他终因伤口发作，不幸离世。

文天祥当时正在五坡岭上吃午饭，见后面走来一些"乡人"，摸不清他们的路数，就问身边的人："那些人是哪里人氏？干什么的？"身边的人笋里不知卯里，却遽下结论，答道："是捕鹿的乡人。"他们不知就里，万万没有想到元军会这样猝然而至。

元兵急急靠近，纷纷亮出兵器冲过来了。就在这累卵之时，文天祥大惊，急忙拔出宝剑应战，高喊："原来是敌寇！来人呐，与其决一死战！"他一边大喊，一边挥剑砍向敌人，刘道义等几十名卫士紧紧护卫在文天祥周围，开始了肉搏战，左冲右杀，奋力护卫文天祥。可是任凭他们如何厮杀，也砍倒多个敌人，但元军越来越多，越围越紧，终因人困马乏，寡不敌众，无法突围。这时，文天祥举剑就要自刎，刘道义眼尖，一把将剑夺了下来。文天祥又从怀中掏出藏在身边的二两脑子（冰片，一种毒药）吞下去，想以身殉国，谁知只是头晕目眩，瘫倒在地。元军一拥而上，将他绑了，迅速带走。卫士们死伤殆尽，刘道义受伤倒地，只能眼看着主帅被擒。

就在元军包围文天祥之时，在临近阵地上的刘子俊急中生智，想把敌人吸引过来，便朝元军大喊："我就是文天祥，你们有种的就过来吧！"果然就有一帮元军朝他扑去，刘子俊且战且退，企图以此缠住敌人。但搏斗一阵之后，刘子俊也成了元军的俘虏。

当两队元军各自押着俘虏自山中走出时，都称自己抓到了文天祥，一时真假难辨。元兵把他们押到大营中，元将里有在皋亭山见过文天祥的，这才断定刘子俊是假冒的。凶残的元军即刻下令将刘子俊活烹了。元军将文天祥押解到潮州，献给元帅张弘范。后来，赵孟溁赶紧收拢士兵，与随后赶来的元军又打了一仗，在敌众我寡的情势下，奋力杀出一条血路，侥幸突围，撤到崖山去了。

刘道义等多个受伤的兵士，互相支撑着退回兵部。两天后，刘道义又被送回到崖山上。刘道义回到崖山时，身受重伤，再两天后，就发高烧了。到珍珠来时，他已经七天了。

珍珠听完刘道义气息微弱地讲完后，觉得眼前的丈夫是如此勇敢无畏，因为从一个好同窗、好邻居到成为自己的丈夫，为了救国抗击元朝的侵入，决定走上军旅的生活，和大家一起奋斗，如今已锻炼成为一名敢于上战场，敢于和敌人斗的勇士，这是多么不容易啊！她为自己有这么一位英姿飒爽、威武勇猛的丈夫感到骄傲，觉得父母的选择没有错。此时的她，不由得向刘道义投去敬慕和疼爱的眼光，此时的她，心中是多么希望丈夫的病快快好起来。她不后悔他走上这条路，她支持他走这条路，但是，如今的刘道义为国流血，那憔悴的面容，那痛苦的伤口，作为妻子，怎能不痛心呢？

接下去数日，珍珠几乎一刻也不肯离开刘道义，每天为他端饭、喂饭、端药汤、换药等，晚上她也不肯离开他，在船板上躺一躺就过了夜，因为她多么想照顾他，多么想多看他一眼，多么想她俩能过上依然在一起生活。

但天不遂人愿，没想到刘道义的伤口溃烂越来越严重，面积越来越大，越来越深，以至高烧不退，最后昏迷不醒，没几天，这位强悍的勇士终于撒手人寰，走了。

刘道义死后，珍珠哭得天动地摇，她双臂紧紧抱住刘道义的身体，久久不愿离开，撕心裂肺地叫道："道义啊，你不能走，我们结婚才一年多，还没过几天日子，你走了，我怎么办呢？"

珍珠哭天抢地的呼喊声，冲散了死海僻岸的凄凉，在场的陆秀夫和许多兵士们都流下眼泪。但人已死了，无力回天，大家只好细心地收殓，洒泪而别，把他埋在崖山上。

接下去，珍珠准备回枫亭去，但陆秀夫不肯，也不放心，因为元兵已经攻打到崖山，把崖山包围得水泄不通，很难过去，况且又是个女人，怎么过去呢？万一被抓去，不是白白送死吗？因此，珍珠只好暂时待在崖山，只想形势一好转，她就动身回枫亭。

第二十章

文天祥宁死也不屈　元将千方百计劝降

文天祥用诗表决心　元朝最终无可奈何

文天祥被押到元军主帅张弘范的大营前，押解文天祥的将官嘱咐他说："见到张主帅，必须下跪。"文天祥愤怒地说："当年我会见伯颜、阿术都不曾下跪，今天我也绝不会下跪！"

元军将官愤怒地大声喝问道："哪里有不跪的道理？"

文天祥掷地有声地答道："宁死也不跪！"

元军将官无计可施，就去请示张弘范，并要求把文天祥杀了，张弘范曾在临安皋亭山大营中见过文天祥，知道他那宁死不屈的英雄气概，知道自己无法使文天祥屈服，而自己又无权处决这位宋朝的宰相、枢密使，只得对手下说："杀了他，反倒成全了他的忠义之名，不如以礼相待，以显示我们的宽宏大量。"

因此，张弘范让人将文天祥带到大帐中，并亲自为他解下绳索，装出一副彬彬有礼的样子说："文丞相请坐，请坐，咱们来谈点正事。"

文天祥坚定地说："要杀则杀，别再绕圈子了，我跟你没有什么话可说的。"

张弘范并不气恼，只是一个劲地挑好话说："不，不，文丞相，你误会，我并不想杀你……"

"那你就是想图得一个爱贤惜才的虚名吧！告诉你，办不到。"文天祥不等张弘范说完，就一语道破了他的心机，并且严厉地说："你不杀我，我就自杀，给我一把剑！我想踵武前贤。"

"想死，哼！没那么容易！"张弘范发出了一阵狞笑，急不择言地说。

这时，文天祥横眉怒目，满腔怒火地大骂这个元军元帅说："张弘范，你也是一个汉人，如今却帮助元军攻打大宋，如此叛臣逆贼，将来你有何面目见你的列祖列宗！"

张弘范气愤至极，但又不好发作，只好先将文天祥关押起来，并从俘虏中找来文天祥以前的部下服侍他。张弘范想：别看现在文天祥硬，会慢慢软下来的，过些日子攻打崖山，还得让文天祥出面劝降张世杰呢！

于是，张弘范把文天祥关押在一艘四周都布满了元军的海船里。

祥兴二年（1279 年）正月初六，张弘范指挥水军从潮阳进发，取道海上，准备攻打崖山，关押文天祥的海船也一同前往。

十二日，海船经过珠江口外的零丁洋，文天祥听到这个地名，眼望着无边无际的大海，想起了祖国山河的支离破碎，自己的孤单无奈，思潮澎湃，百感交集，他再也抑制不住自己的感情，提笔挥洒，写下了令人唏嘘的这首著名的七律《过零丁洋》：

> 辛苦遭逢起一经，干戈寥落四周星。
>
> 山河破碎风飘絮，身世浮沉雨打萍。
>
> 惶恐滩头说惶恐，零丁洋里叹零丁。
>
> 人生自古谁无死，留取丹心照汗青。

写完这首诗后，文天祥面对大海，反复吟诵，慨叹大宋河山的沦亡以及自己的孤单身世。他想元人还将会耍出各种新的花招来让他投降，但他自己已抱定了信念：宁死不屈，决不变节投降。

第二天，张弘范率军到了崖山。他知道张世杰领导的南宋水军实力强大，双方交战，元军取胜的可能性不大，因而想不战而得到崖山，于是，张弘范大力开展劝降张世杰的活动，得知军中有一位军官是张世杰的外甥后，就派他连续三次去劝降张世杰。

这个外甥叫韩忠成，韩忠成一来就跪在地上，给舅父请安。

张世杰一看，不耐烦地问道："你怎么又来了？"

韩忠成说："舅父请救我啊。"

张世杰问："此话怎讲呢？"

韩忠成说："张弘范说，若你投元，他们保证让你在大元朝廷里有官可做；若你不答应，他就要杀了我，还要杀我父母和全家！"

张世杰怒容满面，拍案而起，说："任他猖狂，我已置之度外，绝不投降！"

韩忠成绝望地"哇，哇"大哭了。

张世杰看了看外甥，义正词严地说："我忠贞不二，不怕死，我知道投降是个捷径，但一朝天子一朝臣，我只做宋朝的官，不能再做元朝的官。"

"只是……只是我们全家的性命就难保了……"

张世杰激愤地说："大宋被杀害的臣民千百万，何止你一家！"

韩忠成无奈地走了。张世杰依然余怒未消，骂道："你们这些软骨头！我就想不通，同样是大宋臣民，同样受朝廷恩泽，怎么就有那么多软骨头？"

张弘范让韩忠成劝降不成，又想起文天祥，他要文天祥写信劝张世杰降元，但担心遭到文天祥拒绝，面子过不去，就派一个姓李的元帅去见文天祥。

文天祥得知李元帅来意后，气愤之极，正气凛然地反诘道："吾不能捍父母，反教人叛父母，可乎？"

李元帅被反问得哑口无言，自知心亏理短，不知再说什么，可又不好回去向张弘范交代，就死磨硬泡地叫文天祥写点什么，以便自己带回去交差。

文天祥于是挥笔写下《过零丁洋》一诗，交给李元帅，让他交给张弘范，并坚定地说：“转告你们的张弘范元帅，这就是我的正式答复，也就是我的态度！”

李元帅无奈，只好拿着诗灰溜溜地向张弘范交差，张弘范一看，禁不住连声称赞：“好人，好诗！好人，好诗！”

张弘范知道在如此坚毅的文天祥面前，再劝也是徒劳的，于是，他决定对海上行朝发起最后的总攻。

第二十一章

宋军元军崖山决战　宋军失误一败再败
秀夫肩背皇帝蹈海　宋朝从此彻底灭亡

自文天祥被俘后，海上宋朝廷在陆地上的最后一道屏障完全丧失了，这样，宋朝冀图东山再起，戛戛乎难哉，已不可能。他们只得做好独守崖山的准备。

这时的陆秀夫，已意识到宋朝大限将至，因此他写了一首悠悠诗，反映了当时他无能为力的愁绪。诗只有四句，全诗如下：

　　四海自悠悠，

　　主臣共一舟，

　　地天弗盖载，

　　性命那存留。

该诗意是：四方的大海啊，自由自在地悠悠流淌，皇帝和臣子们在同一只船上飘荡，天地都没有了依托，性命又怎么能存留呢？

再说，当时两军的势态是：

宋军拥有航船两千多艘，其中有部分高大的楼船，官兵将士等总数达十几万人，除去皇室、宫廷和家眷之外，尚有骁悍善战兵士七八万人，许多将领身经百战，士兵们背水一战的士气也极高。而元军大小船只一共才五百艘，其中还有二百艘迷了路，没有赶到，兵力只有两万。元兵又不习惯海上作战，进军困难重重，如果宋军此时能避敌之长，攻敌之短，宋军获胜的可能性很大。

但张世杰已经对前途不抱希望，放弃了对崖山入口的控制，打算死守，一味只作防御的准备，这样，宋军的局势就已经危如累卵了。

这时，张世杰计无所出，还作出了错误的决定，将无数条船横排联结，形成一座偌大的海上城堡，把千余艘战船背山面海，用锁链连接成一字长蛇阵，又在四面围起楼栅，宛如城堞，并把战船两侧用衬垫覆盖，以防御元兵的火箭和炮弩。他还奏请赵昺皇帝和杨太后移驾海上，将他们的楼船安排在方阵之中，层层围护起来。粮食等一切有用之物也全部搬到船上。就在这个坎儿上，最后他居然还下令将陆地上的行宫烧掉，断绝了自己的一切后路。至此，张世杰自以为这样就固若金汤，无法攻入。以为这样做，就能抽薪止沸，压住定盘星，但他没想到的是，这实际上已是安坐待毙。

张世杰此举有两大重大失误：一是放弃了对入海口的控制权，等于把战争的主动权交给对方；二是把千余战船贯以大锁，结成水寨，虽然集中了力量，却丧失了机动性，相当于把宋军暴露在敌人面前，任人攻打。

这样，宋军的错误，就像是骆驼蹬蹄，没法救了。正应了"兵熊熊一个，将熊熊一窝"的谚语。不久，张弘范果然看出宋军的破绽，派水师占据了入海口，断绝了宋军运粮取水的补给线。宋军储备的淡水很快用完了，只得饮用海水，以干粮充饥，可是海水一饮即吐，士卒病倒过半，个个疲乏无力，战斗力被严重削弱。

接着，张弘范又派他弟弟张弘正率船侵入海湾，一边侦测张世杰的部署，一边做试探性进攻，还用"火攻"，张世杰对此虽早有准备，将船只涂上淤泥，起到阻火作用，又在船头上架设长长的"角刺"，使元军船只无法靠近。但元兵还是不断地进攻、挑衅、骚扰，对宋军保持着一种压力，使宋军不得片刻安宁，同时，张弘范也利用机会从中观察，摸索经验，调整作战计划，寻找着最佳的进攻方案。

至此，自正月十三日海上两军对垒之日起，双方酣战已经超过二十天，张弘范已经完全摸清了宋军的底细和海湾地理、潮汐流向，对下一战要怎么稳扎稳打，心中已有数了。

决战前夜，张弘范把元军分成南北两军，令副帅李恒率北军从北面和西北向宋军发动进攻，他自己率领最精锐的主力攻打宋军的南面，形成了两翼夹击的功劳。

第二天，一大早就乌云密布，阴风怒号，十分恐怖，天空一片昏黑，狂风暴雨就要来临。到了辰时左右，潮水退去，水流由北而南，李恒按照张弘范的部署，率领一支船队从北面顺流而下，快速向宋军发起猛攻。宋军迅速应战，待元军的船只靠近了，许多士兵奋不顾身跳向敌船，与元军进行白刃战、肉搏战。一时间内，几万人的大决战，炮火轰鸣，战箭纷飞，硝烟弥漫，杀声震天，战斗持续了两个时辰，双方士卒都已筋疲力尽，死伤惨重，但依然不分胜负，只得各自退兵，暂且休战。

午后涨潮时，张弘范的帅船上突然鼓乐喧天，熏天赫地的冲杀声响彻云霄，张世杰以为是元军在举行庆祝活动，掉以轻心，岂料这是生死搏斗的最后一战。

原来这是元军总攻开始的信号，张世杰大意了，转眼间，张弘范亲自率领他的主力部队，气势汹汹，浩浩荡荡，锐不可当地向宋军蜂拥杀来。宋军由于疲惫不堪，猝不及防，士兵们只能仓促迎战。但元兵的船只已经靠近，元军士兵们个个勇悍，气焰嚣张，以凌厉的攻势，纷纷跃上宋船。宋军由于船只连成一片，反而给元军提供了方便，一船跨过一船，一路上杀将过来，不一会儿，宋军阵仗就发生混乱，元军占了上风。

与此同时，李恒的船队再次从北面杀来，宋军处于两面夹攻之间，尽管士兵们竭尽全力抵抗，把刀、矛、弓、弩、枪等所有兵器都用了，甚至火箭、烟球都用上了，但仍左支右绌，扭转不了被动挨打的局面。经过长时间的鏖战，宋军已成强弩之末，将士们一个个体力不支，坚持不下。而张弘范的主力军却如虎添翼，越战越勇，就在这存亡绝续，千钧一发之时，宋军一艘战船的桅杆却又突然断了，旗帜哗啦啦掉落下来，随之又有多艘船只的樯旗也纷纷倒下，这表明这些战船已落入元军之手，宋军阵势随之大乱，连久经沙场的几位战将都投降了。张世杰见状，知道大势已去，才下令砍断铁锁，集中兵力，拼死突围。于是，部分宋军船只脱离了皇帝楼船，各自夺路突围。

张世杰率帅船杀到外围，见皇帝的楼船被外围的船只围在中间，无法突围，便派小舟前往接应。当时天色已晚，海面上风雨大作，雾气弥漫，咫尺之间无法相辨，护随在小皇帝身边的陆秀夫，担心来接应的船只太小，兵员太少，无法穿过元军占领的海域，而且，来人身份真伪难辨，唯恐小船为元军假冒，断然拒绝来人将赵昺皇帝接走，张世杰无奈，只好和大将苏刘义等人，护卫着杨太后杀出崖山。

皇帝楼船体大，又紧紧连着其他船只，根本无法突围，想起赵显皇帝、谢太皇太后等人被掳受尽凌辱之事，陆秀夫心想士可杀不可辱，何况是一国之君！皇帝断不可落在敌人的手里。想到这里，陆秀夫已有赴死的念头，慨然决定与皇帝一起跳海殉难。

元兵的船只越来越近了。这时，由于形势突变，陆秀夫再也不考虑什么，自己的妻子赵氏、妾子倪氏、儿子八郎、九郎和幼女也都在船上，他令所有人一齐投海尽忠，妻子这时抱住两个儿子和幼女大哭，陆秀夫的眼泪也禁不住流出，但仍说："快点，来不及了，事到如此，唯有此路了！"倪氏、八郎、九郎和幼女就此相继跳进海里，赵氏夫人看到三个孩子和倪氏都跳海后，自己也毅然决然跳下去了。

在这万分危急之时，陆秀夫仍履险如夷，视死如归，在想到枫亭妻子蔡荔娘时，他悲从中来，匆匆写下一首《惜枫诗》如下：

> 爷娘依地下，
> 妻子入海中，
> 懿旨留枫者，
> 惜胡民若躬。

诗写完后，交与一兵士，然后钻进小皇帝的楼船。

陆秀夫钻进楼船时，赵昺小皇帝身穿龙袍，胸挂玉玺，正呆呆坐在龙椅上，陆秀夫扑通一声朝幼帝跪下，哭着说："事已至此，陛下当为国捐躯，德祐皇帝受辱已甚，陛下不可再受辱！"言讫，陆秀夫上前，把赵昺皇帝背在背上，"以匹练束如一体，用黄金玺硾腰间"。就向外舱步去。

船舷下面就是泛着蓝色的海水，海水劈立千仞，不停地翻腾扑打着船舷，激起一阵阵凶恶的波涛，呼啸声震天，就像饿虎张开它的血盆大口，死死地盯着它的猎物。陆秀夫背着小皇帝走到船头，再也没有说一句话，纵身一跳，和九岁的小皇帝一齐跳进了茫茫的大海之中，跳进了黑洞洞的另一个世界。这个年仅四十四岁的南宋丞相，就这样用负帝蹈海的忠烈行动，奏响了一曲声震天宇、气贯长虹的爱国壮歌！

顿时，海里的狂涛汹涌澎湃，浪花涌动激荡，像张羽煮海，像蛟龙入水，沸沸腾腾地一浪压过一浪，发出了悲壮且雄伟的呼叫声。

宫女、文武官员、将士和眷属们，见陆大人和皇帝跳海了，也一个接一个地跳进海中，去陪伴他们多年跟随的皇帝陛下。

这时候的宋军，死伤不计其数。杨太后虽然在张世杰等人的保护下杀出重围，但当她得知小皇帝已经入海殉国，万分悲恸，嚎啕大哭，说："我忍死间关至此者，尽为赵氏一块肉耳，今无望矣！"说罢，也跳入海中自尽了。见杨太后投海，跟随的宫女和官员也没有一人迟疑，纷纷跳入海中。

决战开始之前，元军就将文天祥故意拘禁在船舰上，让文天祥亲眼目睹了宋军战败和赵昺皇帝蹈海的场面，让文天祥痛上加痛，欲哭无泪，被囚禁的文天祥写过一首诗来描绘这个场景，这首诗是《二月六日，海上大战，国事不济，孤臣天祥，坐北舟中》：

长平一坑四十万，秦人欢欣赵人怨。

大风扬沙水不流，为楚者乐为汉愁。

兵家胜负常不一，纷纷干戈何时毕。

必有天吏将明威，不嗜杀人能一之。

我生之初尚无疚，我生之后遭阳九。

厥角稽首并二州，正气扫地山河羞。

身为大臣义当死，城下师盟愧牛耳。

间关归国洗日光，白麻重宣不敢当。

出师三年劳且苦，只尺长安不得睹。

非无虓虎士如林，一日不戈为人擒。

楼船千艘下天角，两雄相遭争奋搏。

古来何代无战争，未有锋猬交沧溟。

游兵日来复日往，相持一月为鹬蚌。

南人志欲扶昆仑，北人气欲黄河吞。

一朝天昏风雨恶，炮火雷飞箭星落。

谁雌谁雄顷刻分，流尸漂血洋水浑。

昨朝南船满崖海，今朝只有北船在。

昨夜两边桴鼓鸣，今朝船船鼾睡声。

北兵去家八千里，椎牛酾酒人人喜。

惟有孤臣雨泪垂，冥冥不敢向人啼。

六龙杳霭知何处，大海茫茫隔烟雾。

我欲借剑斩佞臣，黄金横带为何人。

入夜，崖山决战结束，炮火、鸣镝声音都停止了，海上烟消云散，元军杀牛宰羊，置酒庆贺，个个喝得烂醉如泥，倒地呼呼大睡。

此外，张世杰虽突围而出，但他再也无力重整旗鼓继续战斗了。他率领十八艘船只乘夜驶到南恩（广东阳江市）海上的螺岛停泊。不幸这支船队突然遇到翻江倒海般的大飓风，顿时风雨欻至，白浪滔天，船与船撞击损坏，有的还沉入海中。将士劝他上岸暂避，他拒绝了，说："无以为也。"这时，座船摇晃得更加厉害，几次险些倾覆，但张世杰却表现得若无其事，对身边的将士喟然长叹："我为赵氏亦已至矣！一君亡，复立一君，今又亡，我未死者，庶几敌兵退，别立赵氏，以存祀耳，今若此，岂天意耶！"祈祷完毕，果然顷刻间狂澜更加汹涌澎湃，飓风更急，终把张世杰也卷进海中溺死。后来将士们捞起他的遗体，把他葬于螺岛东端力岸村。螺岛因埋有烈士的忠骨，后来改名为"海陵岛"，取海上陵墓之意。

至此，南宋王朝最后一任枢密使，越国公兼大傅张世杰，这位英勇、刚强的赫赫战将，就这样走完了他忠贞壮烈的一生。

崖山决战后，崖山海面上都已发红，一片浓烈的血腥味飘满海面，双方战死的士兵，跳海殉节的宋军官兵和义民的尸体陆续漂浮起来，七天之后，据传竟有十余万具。

至此，自临安陷落之后又流亡东南坚持斗争三年之久的南宋小朝廷，也永远地消失了。大宋朝自太祖赵匡胤至端宗赵昰、未帝赵昺，共历十九主，合计三百一十九年，正应了"宋朝廷，气数尽，三百二，天意定"的坊间传谣，江山已沦入外族手中。

宋朝虽然灭亡了，但陆秀夫在抗元斗争中所表现的"宁为玉碎，不为瓦全"的民族气节，为后人世代敬仰。他在崖山的悲剧中所表现出来的南宋军民顽强抵抗元朝的勇气是令后人景仰，特别是崖山战斗中自觉跟随陆秀夫背皇帝跳海的义士就有数万人，它展现了中国史上为国献身的可歌可泣的民族气节。

元兵进攻崖山的战斗，从正月十三日，一直进行到二月初六，两军对垒二十多天才结束。崖山之战为最后决战，战云弥漫，杀声震天，是中国历史上一次空前的大海战。

崖山决战这一夜，文天祥被关押在船舱中，这是张弘范的特意安排，让他亲眼目睹南宋的最后灭亡，让他丢掉兴宋复国灭元的心。这一夜，文天祥一刻也没有合过眼，他为张世杰坐失战机惋惜不已，也为他结栅自固，不知应变而痛心疾首。因此，二十多天来尚存的一线希望，完全破灭了。决战的自始至终，文天祥犹有剥肤之痛，无法忍受，他说："崖山之败，亲所目击，痛苦酷罚，无以胜堪，时日夕谋蹈海，而防范不可出矣！"这是他当时心境的真实反映，别无办法之下，只能"坐北舟中，向南恸哭。"是的，他看到一个个情同手足的战友壮烈殉国，当然会心如刀绞，悲愤欲绝。他此时的泪水汩汩而出，湿透了他的衣裳。

崖山战斗结束后，张弘范自鸣得意，派人在崖山北面石壁上刻下"镇国大将张弘范灭宋于此"十二个字，以便"流芳千古"，可是事与愿违，他灭宋的罪行受到中原和南方人民的唾骂，因此，明朝时，据传有人把这块石刻削去，改镌为"宋丞相陆秀夫死于此"九个字，以纪念这位为国殉身的忠臣。

第二十二章

噩耗传来荔娘晕倒　诔相公词像哭像诉
哀悼诗词纷飞而来　陆公衣冠安葬嵩山

　　陆秀夫舍身求义，背负帝昺跳海身亡的消息，直到七天之后才模模糊糊地传到枫亭，起初只是传说"皇帝死了""元军攻打宋军又赢了"之类的零碎消息，后来渐渐又有了片段的、比较完整的叙说，说"皇帝赵昺跟陆秀夫一起跳海身亡""宋军全军覆灭，未逃出的士兵都被元军抓去当军奴了"等等的消息。蔡荔娘和日忠夫妻，听了这些八面来风，半信半疑，不知是真是假，但心里开始为陆大人担心，唯恐这些传言变成现实。

　　这天午时，蔡荔娘正在家里教陆钌读《三字经》，荔娘教一句，陆钌学一句。

　　荔娘教："人之初，性本善，性相近，习相远。"

　　陆钌学着说："人之初，性本善，性相近，习相远。"

　　荔娘又教："苟不教，性乃迁，教之道，贵以专。"

　　陆钌学着念："苟不教，性乃迁，教之道，贵以专。"

　　……

　　这时，一位邻居突然气喘喘地跑到日忠家来，进门就喊："日忠啊，日……忠……不好了……不好了……"

　　日忠、杨氏、荔娘、陆钌四人都在家，被这突然的叫声吓了一跳，日忠当时正在厅里坐着，忙迎上去，说："慢慢说，不急，不急，啥事了呢？"

荔娘和杨氏也用惊讶的目光睁着他。

这位邻居说："布告，布告……贴出来了…贴在三叉街墙上。"

日忠赶紧问："布告说什么呢？"

这位邻居看了看日忠，又看了看荔娘，只是说："快去看看吧……死了……死了"。

荔娘听这位邻居说得隐晦，心急如焚，知道发生了大事，不再问了，把陆钊交给杨氏，自己立即箭似的向三叉街路口跑去。

日忠见荔娘跑出去了，知道大事不妙，也尾随而去。

荔娘到了三叉街路口，见一大群人正围在那里看贴在墙上的告示，也跻身其间，凝神伫立看望。

墙上告示的内容如晴天霹雳，令人惊愕万分：

安民告示

二月初六，宋军在广东崖山被元兵全歼，陆秀夫肩背赵昺蹈海双亡，杨太后投海自尽，张世杰坠海溺死，文天祥被囚禁。元军戡平战乱，宋朝廷宣告灭亡，天下一统归顺元朝。

故兹诏示，切切此布

仙游县元朝府

至元十六年二月十六日

一切都完了！如今江山已被元兵全部掠夺，宋朝灭亡了，宋朝皇帝及忠臣们死了，陆秀夫也跳海身亡了。荔娘看完，就像一跤跌在冰窖里，手脚冰凉，浑身发抖，又像一把刀子突然插进心中，随即一阵眩晕，顿时感到天转地摇，昏倒在地。

众人一看，是蔡荔娘！有人马上凄厉大喊："快快，荔娘昏倒了。"有人喊："快把荔娘扶起来。"

日忠也赶到了，一看是荔娘晕倒了，赶紧把她扶靠在自己的手臂上，往荔娘的人中上掐。

一会儿，荔娘缓醒过来了，她颤动着嘴唇，想对日忠说什么，又没有说出来，眼泪涟涟而下。

众人和日忠知道发生了什么事，因为这布告是仙游县的元朝达鲁花赤派人贴的，是正式向社会宣谕，非道听途说。

众人见荔娘泪水扑簌扑簌地滚落而出，也都流泪了。日忠邻居的两位阿姨看到了，马上过来帮日忠把荔娘扶回家去，对荔娘说："陆大人是大家心中的英雄啊！你要坚强点！"

是的，噩耗欻至，荔娘当即如遭霹雳轰顶，怎么会不晕倒呢？大宋朝廷啊，你历经了三百十九年，怎么就这么山岳崩颓了呢？宋朝的大片江山，就这么被蒙古人占领了！大宋朝廷啊，老百姓是多么支持你啊，你怎么没有顶住呢？陆相公啊，你也这么说走就走了！你怎么连一句话也没有留给妾和钏儿呢？我们右盼左盼，翘首以待，就盼你能回家看我们，如今你走了，我们该怎么办呢？……

失夫之痛，啃噬着荔娘的心。荔娘被扶回家后，大家都没听到她说一句话，就又一次昏倒在地。大家赶紧把她扶上床铺。

陆钏见娘昏倒在地，也突然放声号哭起来。

荔娘又醒过来了，她缓缓睁开眼睛，听到陆钏"哇、哇"大哭，赶紧让杨氏把陆钏抱给她，挨在自己身边。荔娘把儿子紧紧搂在怀里，情不自禁地又大哭了一场，引得陆钏又哭成一团，日忠老人老泪纵横地说："女儿啊，你要忍着，你要坚强点，父母会陪着你走出艰难的时刻，别哭了。"

是啊，国破家亡的巨大灾难，似尖刀利刃深深地刺进荔娘的心里。一个二十岁的年轻母亲，怎能经受突然失去丈夫的沉重打击呢？想起结婚时的悠扬鼓乐声和婚礼现场熙熙攘攘的场景，想起杨太后的祝贺，想起结婚时陆大人与自己对诗句的面容，想起洞房之乐和陆大人与自己相伴的日子，再想起太平港挥泪辞别之苦，如今陆大人捐躯殉国，离开人世，一切都如昙花一现，才短短的不到三年的时间呐！三年时间，一闪就过去了，只一闪，陆大人、杨太后和张世杰都不在人世了，想到这里，她怎么不会悲痛欲绝，哀毁骨立呢？

但她痛恨的，却是元朝的惨无人道。是的，是元朝打死了自己挚爱的人，是元朝灭了宋朝，是元兵占据了宋朝的江山，她多么想报复元朝，和元兵拼一死活，但实在是心有余而力不足啊！

荔娘终于抑制了自己的大哭，将铺天盖地的大哭变成了低沉的悲鸣和震颤的泣诉。但这悲鸣和泣诉，依然在屋子里痛击人心地徘徊着，催人泪下。这悲鸣和泣诉，使屋子那片刚刚长出嫩芽的青草，全都痛苦地俯伏在地了；使那几株茁壮成长的牵牛花，也不约而同地都垂下了叶片；就连天上的老天爷，这个时候也突然下起了雨来，流出了眼泪。

当天晚上，荔娘在活水亭设了灵堂，把陆秀夫的画像放在灵台中间，把陆秀夫的生辰八字写在牌位上，放在陆秀夫画像的前方，把陆秀夫的两套旧衣叠好，放在画像的左边，在牌位的前面再放着蜡烛盆和香盆，点了三炷香、三条蜡烛，然后抱着陆钊，为陆大人守灵了一夜。

这一夜，她瞻仰着陆相公的遗像，默默祷告着，又是涕泗交流，悲情纵横。

这一夜，陪伴荔娘守灵的，除了曰忠、杨氏外，乡亲们不约而同地来看望蔡荔娘，陪伴蔡荔娘。他们有的整夜陪着荔娘，有的对着陆秀夫的画像，深深地弯下腰，向死去的陆大人致哀。

崖山海战结束后的第十四天，蔡荔娘又为陆秀夫设坛祭祀。按枫亭的例，殉难后的第七天应做"头七"，但蔡荔娘一家直到陆大人殉难后的第十天才知道此事，所以没有做"头七"，就做"十四祭"。好在这个时候，元军都集结在崖山一带，还没有回师，在枫亭没有驻扎元兵，所以，蔡荔娘的祭祀才得以顺利进行。

这一天，活水亭灵堂里，香火缭绕，三牲齐备，陆秀夫的画像端端正正摆在灵台中央，台前是陆秀夫的衣物，东西两边点着蜡烛，灵台两旁还有众人送来的礼赞挽联：

誓死抗元功不朽，春去秋来名永留。

一代丰功垂青史，一世忠诚励后人。

秀夫忠心身殉国，丞相献身志凌空。

……

还有很多幅挽幛悬挂在亭廊，两面白幡在厅中索索抖动着。

当年为陆秀夫和蔡荔娘成婚时吹奏的鼓乐班们，也来了，不过今天吹的，不再是乐曲，而是低沉幽颤的哀乐，是摄人心魄的招魂曲，催人泪下。

蔡荔娘和陆钊今天披麻戴孝，跪在灵台前，面对着陆大人的画像，一拜再拜，长跪不起。陆钊一口一声地喊着"爹""爹爹"，蔡荔娘一口一声地喊着"夫君""陆相公"。陆钊哭得全身发抖，荔娘哭得死去活来。此时的荔娘，痛不欲生地哭道："相公啊，你儿子才三岁啊，你知道吗，你妾子现在你面前，你知道吗，我心里有多痛苦么，我虽然不后悔你为国英勇献身，但你不告辞一声，就撒手而去，留给我的是深深的遗憾和无穷无尽的哀思啊！"

蔡日忠、杨氏老人，还有左邻右舍和乡亲们，上百人肃立在一旁，无不动情地流下眼泪。

之后，荔娘忍住了哭泣，开始读祭文，可是，刚刚念两句，又止不住痛哭，她只得边擦眼泪边念诵祭文，边哭泣边诉说，于是就形成了流传至今已七百多年的名篇《诔相公词》：

噫吁嘻，相公侍侧兮几多时？

噫吁嘻，纳余荐席兮父命之。

噫吁嘻，令勿随行兮君诏而。

噫吁嘻，相公入海兮驱妻儿。

噫吁嘻，若许随行兮并驱怡。

噫吁嘻。相公从王兮余曷追。

噫吁嘻，相公弃余兮余何为。

噫吁嘻，相公龙宫兮天子随。

噫吁嘻。余今何处兮接得归？

噫吁嘻，何难一死兮儿靡依。

噫吁嘻，引见夫主兮佛慈悲。

噫吁嘻，镇江家乡兮乡何处。

噫吁嘻，登进士第兮世攸仪。

噫吁嘻，四十四岁兮永别离！

噫嘻噫嘻，留别冠衣，埋葬嵩山衍厥支。嵩山护国识纲维。谏以词，吁嘻噫！

该《谏相公词》的大意是：

哎哟呀，相公你陪伴在我身边有几天呢？

哎哟呀，娶了我，我现在只能在床上哭着思念，跟父母生活了。

哎哟呀，让我不要跟随你行军，这是皇帝的命令啊！

哎哟呀，相公你自己跳海殉国了，还把妻子和儿子也驱赶入了海了。

哎哟呀，如果允许我随行，我就是一起跟你跳海也是十分愿意的事。

哎哟呀，相公跟随皇帝入海了，我又怎么能去追呢？

哎哟呀，相公把我留在世上，我该怎么办？

哎哟呀，我现在在哪里才能接你回家呢？

哎哟呀，为什么我很难一死呢？我死了，但儿子没有依靠了。

哎哟呀，佛祖请你发慈爱让我看见我的丈夫！

哎哟呀，丈夫的家在镇江，镇江家乡为什么这么壮丽？

哎哟呀，是你考中了进士，给天下增加了一片威仪堂堂的形象。

哎哟呀，想不到，四十四岁，你就和我永别了。

哎哟呀，你留下的衣冠，我将埋葬在嵩山那块平坦的山地上，因为你们在嵩山护国院的行为展现了大宋国家的法度，因此写了这篇诔文哀悼你，哎呀呀！

荔娘痛苦地追忆着每一件往事，这种痛苦是那么锐利，那么深刻，那么复杂和那么沉重，从此，荔娘丧失的，不单单是陆大人，而是温暖、幸福和爱情，前面等她的路，是那么弯弯曲曲、艰难和无依无靠。荔娘的《诔相公词》声声血、字字泪，哀怨感人，在场所有的人，都悲伤不已，泪如泉涌。

就在荔娘设坛祭祀陆大人之后，原本晴朗的天，顿时天昏地暗，乌云汇集，不一会儿就下起倾盆大雨，七天七夜无法消歇，人们都说，这是老天爷听到感动了，哭了，大哭了。

陆秀夫殉国之后的几个月内，荔娘家中悼客如云，忙于送往迎来。荔娘还收到许多感人至深的哀悼诗词和缅怀文章，有《挽陆丞相诗》《挽陆秀夫》《题陆秀夫抱幼帝入海图》以及《悼陆兄》等等。据明末盐城人王梦熊编纂的《陆忠烈公全书》和清道光年间盐城人陶性坚，陶式型父子增编的《陆忠烈公全书继编》中，挽诗，题咏等就有一百多首，其中有文天祥的《集杜予陆枢密秀夫》和南宋淮阳人，陆秀夫在淮南李庭芝幕府共事多年的好友龚开所写的《陆君实挽诗》等等，这里只摘录一些旧《枫亭志》和史料中少有记载和未记载的几篇挽文，供大家品读。

一、明太祖皇帝命题宋陆秀夫像赞·宋濂〔清（1845 年）·林有融《枫亭志》卷之四，艺文〕

身抱龙鳞兮，眼不见水，凤阙虽遐兮，龙堂则迩，玉带白如兮澄清终绐，赤日出海兮，尔心不死。　宋濂撰该文大意是：身抱着皇帝舍生忘死，已经不在乎眼前的海水了，像凤凰一样美丽的宫殿远去不在了，皇帝用的东西和公堂似乎还近在眼前。忠臣的品德清白高尚，最终会被澄清发扬的。太阳还是照常从海边升起，你的殉国忠诚的心正像太阳一样，永远不会死去。宋濂撰写。

二、明·题宋祥兴左丞相陆公·侍御史史梧〔清（1845年）林有融《枫亭志》卷之四，艺文，五律〕

延宋祥兴统，左丞相孑身。

冠裳天已定，成否事休陈。

忠孝经书外，精神江海滨。

佳山明月色，照耀拖君人。

侍御史史梧

该诗意是：延续宋朝统一天下的希望，又在祥兴年间开始了，这是左丞相陆秀夫你一人苦苦协助朝廷的结果。既然天意已经注定你能不能穿上官服和戴上官帽，那么，事情能不能成功就不必多说什么了，你的忠孝已经在经书之外传开了，精神也已经在海岸上感动众人，崖山的月亮，会世世代代照耀着抱君投海的你。

三、兴化府同知汪廷英诗：〔清·（1845年）林有融《枫亭志》文卷之一，地里〕

从迁南渡后，遗脉衍枫亭，地识衣冠葬，魂招鱼水灵，丰碑垂日月，赫像炯丹青，怀古仪先正，遥情不自胜。

该诗意是：随朝廷迁移向南渡过海之后，来到枫亭，遗留下后人在枫亭繁衍。地方上的所有人都知道忠臣的衣冠葬在哪里，连这里的鱼和水都不会忘记陆秀夫的忠诚精神，他的纪念碑会同日月一样长久地存在，他的塑像将照亮史册，怀念伟大的古人应该先端正自己的仪表和品德，这样想着，感觉自己和陆秀夫差得太远了。

四、知县黄通理诗：〔引自仙游县郊尾镇陆秀夫祠堂墙碑，碑上注明来自《仙游县志》〕

炎运迁移随水东　崖山半壁涌华风

青山雨泪春林黑　赤胆鲸波夕照红

临庭蛙蝈寂　貔貅万宠海云空

天留祚嗣停日　诗礼绵绵衍大忠

该诗意是：那好运已经转移随水东流了，但崖山上可以看见那些涌起的中华风云人物，虽然青山上雨水不停地下着，把春天的树林都变成黑蒙蒙的一片，但赤诚的心鲸吞着波涛，把夕阳都变得更好了。那些敌人踏进朝廷把蛙虫都吓得不敢叫了，宋朝勇猛的军队也都成了过去。但苍天能留下福气的子孙们，在停留的那一刻起，就用诗文和敬礼来悼念对国家大忠大爱的陆秀夫。

岁寒知松柏，国乱显忠臣。蔡荔娘知道，这是因为陆秀夫一生呕心沥血、竭尽忠诚为国的结果，所以，人不分亲疏，地不分远近，都纷纷来信来词，追念这位伟大南宋丞相。蔡荔娘把这些诗词等文章一一保管，想将来留给钏儿看，留给自己的子孙们看。

陆秀夫离开枫亭时，留下的两套旧衣和帽冠，以及筷子、汤匙等物品，荔娘将其收好，用一个红色的木箧子装了，准备安葬在莆田嵩山上。

蔡荔娘之所以要把陆秀夫的衣冠冢设在莆田嵩山，这是因为嵩山山脚就是秀屿港，就是浩瀚的大海，以此来纪念殉难于海中的陆相公，再者，嵩山护国院是陆秀夫率军曾驻扎过的地方，以此来追念陆秀夫一生不平凡的军旅生活。加之蔡荔娘想把陆秀夫的衣冠冢埋到偏僻的地方，防止墓被元军摧毁。

在陆秀夫殉国后的两个月后，蔡荔娘和蔡日忠准备了行李，雇了一个挑夫，一头是装陆秀夫衣冠的木箧和行李，一头是陆钅刂，傍晚时，把他们挑到离枫亭活水亭家约十里的沧溪小码头去，之所以要去沧溪小码头，因为枫亭的大港口太平港是由蒲均文控制，恐有麻烦，所以多走一段路，以保万无一失。蔡荔娘母子三人就从这里乘船到达秀屿港，然后再步行约二里山路，才到达嵩山寺。

嵩山寺的僧侣们见到远在几十里的三人半夜里来寺求住，一定有什么难言之隐，便关心地询问，这时蔡荔娘流泪了，才叙说了自己就是陆秀夫的遗妾蔡荔娘，并叙述了陆秀夫已为国葬身的经过，这时候大家才明白过来，陈住持激动地说："你原来就是陆丞相的夫人啊，陆丞相是位忠臣，是一个响当当响的人啊！他的英名将流芳百世！"陈住持对陆秀夫为国献身的精神十分佩服，他对宋朝也深有感情，他为今天能遇见陆秀夫的副室而高兴，决定尽力协助蔡荔娘安葬好陆秀夫的衣冠冢。

原来，陈住持与莆田抗元勇将陈文龙是亲戚，陈住持也是莆田人，那次莆田保卫战时，陈住持刚好在莆田城，目睹了元兵屠杀莆田百姓的血案，对元兵十分痛恨，由于他是僧侣，穿僧侣服，剃僧侣头，所以元兵就不敢向他下手，但陈住持食毛践士，很想报复元兵，只因势孤力不足，只好回嵩山寺院了。

这次蔡荔娘来嵩山寺，本想借宿几天，待安葬好衣冠冢就回家去，但没想到，陈住持给蔡荔娘他们准备的两间房间，曾是陆秀夫和小皇帝来嵩山寺时住过的房间，现在专门用来接待尊贵的客人。

第二天，陈住持几个人就亲自陪蔡荔娘和日忠去寻找安葬的地点，但看了几处蔡荔娘都不满意，说太偏僻，太远了，方向不对，于心不忍，可谁也没有想到的是，这时蔡荔娘却早已看中了一块墓地。

这块墓地在哪儿呢？就在嵩山寺的门口，离大门口只有一二十来米的路边，大家先是一愣，离大门口这么近不是不宜做墓地吗？但由于是蔡荔娘的决定，陈住持也欣然同意了。

这块墓地面向大海，山坡陡斜，若做成墓地，墓前的平地就得降低三尺左右，后经风水先生量定，陆秀夫衣冠冢的位置就这样确定了。在深埋了衣冠箱后，蔡荔娘亲笔写字，并雇人刻在一块墓碑上，墓碑的内容是：

丞相嵩山衣冠藏

丞相衣冠是葬，相公毛裹攸关

侧室蔡氏题

这块墓碑的大意是：嵩山丞相的衣冠冢　丞相的衣冠埋在这里，丈夫的精神气质存在的地方　侧夫人蔡氏题写

蔡荔娘把陆秀夫的衣冠冢做好后，在墓前排了很多东西祭奠，刚叫陆钊跪下祭拜，自己就又痛哭起来，但伯劳东去燕西飞，一切都像流水落花春去也，荔娘和儿子一齐跪在墓前，拜了又拜，说："安息吧，我的陆公，你为国为民为大宋江山奋斗了一生，漂泊了千里海浪，献出了你毕生的精力，现在该安息了，我尊敬的陆公"。

一年后，蔡荔娘又重新更换了一块墓碑，立于墓前，上面写道："有宋檀樾，陆公墓道"。该碑大意是：宋代以来为广大老百姓尊敬的陆公的坟墓。

就是这一块墓碑，虽经明朝和清朝二次重修，一直保留到现在，未有改动成为现在研究陆秀夫最有价值的墓碑，也成为了福建省保护的文物遗迹。

第二十三章

文天祥誓死不投降　　不做宰相宁做忠魂

万人观看天祥就义　　死前留诗催人泪下

崖山海战后，张弘范向忽必烈请示如何处理文天祥。忽必烈说："谁家无忠臣？"命令张弘范以礼相待，将文天祥送到大都（今北京），又命人将文天祥软禁在会同馆，决心劝降文天祥。

但是文天祥不为所动，南宋降臣留梦炎来劝，他横眉怒骂；宋恭帝赵㬎来劝，他面北而跪，叩头痛哭，赵㬎自讨没趣。元朝宰相阿合马来劝，也碰了钉子。

忽必烈在皇宫大殿中召见文天祥，文天祥昂首阔步地走进大殿，凛然而立，怒然不跪。侍卫强令下跪，文天祥坚决不从。忽必烈一心想劝文天祥归附，就不再拘于礼节。"好心好意"地相劝道："你在这里好几年了，我一直不忍心也不愿意杀你，如果你能一改初衷，以对待宋朝皇帝的忠心待我，我照样会重用你，让你当宰相的。"

文天祥很爽快地说："薰莸不同藏，冰炭不同器，我文天祥受了宋朝的恩惠，官至丞相，如今宋朝不幸亡国，我不能为元卖命，只能为宋献身，怎能做元朝的宰相呢？"

忽必烈说："不愿做宰相，就做枢密吧！"

"宰相不做了，还做什么枢密？我护宋誓死不二。"

"那你有什么愿望？"

"除赐我一死之外，别无他求！"文天祥轻蔑地望着忽必烈，高声回答。语言琅琅，犹如洪钟回响在大殿之上，久久不绝。大殿中的每一个人，就连忽必烈也嗟叹不已。忽必烈亲自劝降也失败了，只得无可奈何地令手下把文天祥押回牢狱。

第二天早上，元朝宰相再次极力上奏忽必烈："文天祥既不愿归附，不如成全他的请求，赐他一死。"忽必烈同意了。

处斩时辰临近，元朝统治者如临大敌，兵马司牢狱、刑场以及押赴刑场所要经过的每条大街小巷都布满了重兵，生怕宋朝义士劫走文天祥，也怕百姓借机闹事。

监斩官带领士兵和乐队来到了兵马牢狱，击鼓鸣金，要带文天祥去刑场，文天祥见此情形，淡定地说："我的大事，今天终于完成了。"从到元大都的那天起，文天祥就想以身殉国，没想到竟拖了三年之久，今天终于如愿以偿了。于是他简单地整理了一下衣装，将放在衣带上的"绝命书"《自赞》系在身上。元兵戴上枷锁，手执刀枪，押解文天祥走出监狱。此时的文天祥已瘦骨嶙峋，狱友们都难过地看着他走出监牢，但文天祥则神情自若、气宇轩昂。

文天祥走到街上，街道上聚满了百姓，人山人海，他们都想一睹这位伟人的风采。文天祥被押赴刑场处斩的消息一经传开，人们越聚越多，攘攘一片，从街道到刑场被观众层层围住，人数竟达万人之多，每个人的脸上都流露出难以抑制的愤恨和悲伤。

监斩官见文天祥如此众望所归，唯恐发生变故，便一再高声喊道："文天祥是前朝的大臣，皇帝要用他做宰相，他不愿意，所以只好听从他本人的愿望,赐他一死。"

文天祥昂首挺胸，泰然自若地走向通往刑场的路上，口中反复地高声吟唱自己编的歌，其歌唱得慷慨激昂，催人泪下。

文天祥到了刑场，百姓一层层涌向刑场中心，尽管精壮的元兵手持刀枪，使劲地向外驱赶，但围观的圈子还是越来越小，这时监斩官问道："文丞相还有什么话要说的吗？如果此时回心转意的话还能免你一死！"

文天祥坚定地说道："你别再巧言令色了，要杀则杀，少说废话！"真如"白刃临头唯一笑，青天在上任人狂"。

文天祥说完，就向周围的百姓问道："请问南方在哪边？"百姓给他指了指。这时，只见他面向南方，慢慢地跪在地上，深深地拜了两拜，铁铮铮地说道："臣报国至此矣！"

此时有人拿来了笔墨，请求文天祥写些字，作为最后的纪念。文天祥从容提笔，两首七律一挥而就。

有一首最后四句这样写道：

> 天荒地老英雄丧，
> 国破家亡事业休。
> 唯有一腔忠烈气，
> 碧空长共暮云愁。

这诗句大意是，天地荒凉，大宋灭亡，自己将要死去，国破家亡，自己复兴宋室，恢复中原的事业也不能实现了，只有一腔忠君报国，坚贞不屈的浩然正气充塞蓝天，带着忧愁怨恨与暮云一起飘浮。

而文天祥留在衣带上的一首绝命诗是：

> 孔曰成仁，孟曰取为。
> 惟其义务，所限仁至。
> 读圣贤书，而今而后，庶几无愧。

诗的大意是：孔子成就仁德，孟子讲究实干，这都是他们认为应该做的。仁义以外的事情，绝对不干。读古代圣人贤达的书，从今以后，就没有什么愧疚了。

元世祖忽必烈听说后，感叹地说："好男子，不为吾用，杀之诚可惜也。"

文天祥应百姓要求，写完七律后，大义凛然地走向刀斧手。

文天祥殉国时，时年四十七岁，这天是公元 1283 年农历十二月八日。

文天祥以他对国家、对民族、对江山社稷的忠诚，用威武不能屈，富贵不能淫的气节，为旋仆旋起、愈挫愈强的中华民族，写下了英雄爱国、气壮山河的诗篇。

第二十四章

蒲均文无风三尺浪　仗势要荔娘当副室
开口不答应欲强抓　欲把荔娘当奴隶玩

再说宋朝廷灭亡的消息传开后，蒲均文十分高兴。他高兴的是自己站在元朝这一边是正确的，既保存了经济实力，又保存了官职。现在，宋朝气数已尽，再没有抬头的可能，不会再对自己有武力冲击或控制。而且，元朝现在控制了全国，还派一些兵马驻扎在太平港协助码头的安全营运。于是，蒲均文心宽了，近一段时间来就尽情地嫖赌饮，整天吃喝玩乐。尽管如此，但他心里还是惦记蔡荔娘，因为蔡荔娘生得太漂亮了，太吸引人了。他想，凤凰落地不如鸡，现在，陆秀夫死了，他可以趁这个机会，把蔡荔娘抓来当副室，若蔡荔娘不肯，就来硬的，随便找一个借口，就可以把她抓来当奴隶，若抓到了她，就像买回来的马，想骑就骑，想打就打，因为蔡荔娘是南人，四等人，陆秀夫死，她又成了被籍没的对象，而自己是色目人，是二等人，二等人管四等人，合法也！虽然元朝规定蒙古人和汉人不得通婚，但色目人与汉人通婚还是可以的，如果不能通婚的话，就把荔娘抓来供自己玩乐，再把她卖掉，因为现时规定官僚占有奴隶是合法的，我一个堂堂的码头官，抓一个草民当奴隶，有何不可呢？况且，就算奴隶兴词构讼，奴隶也得先仗七十七大板。七十七大板，有命没命还是一回事呢！如是起诉被仗，蔡荔娘将像麻雀入了火烟囱，有命也没有毛了。就算活命，胜诉的还是自己。官司打起来，说不定荔娘还会被砍头，她敢？而且，现时这么多军奴、家奴、寺奴、孛兰奚奴，谁去管一个奴隶呢？谁去管抓了个奴隶，还要承担什么责任呢？为什么不趁乱下手呢？

想到此，蒲均文笑了，心想，不多久，蔡荔娘就是我蒲均文的了，把蔡荔娘关在自己家里，荔娘慢慢地就会服服帖帖成了自己的布娃娃了。

蒲均文心心念念蔡荔娘，是因为前段时间蒲均文已与谢美娜结婚，新娘虽聪明风韵，但模样没有蔡荔娘俊俏、美丽。谢美娜是元初大将伯颜的亲属，伯颜任中书左丞相时，有一次认识了蒲寿庚，于是开口要将谢美娜许配给蒲均文为妻。蒲寿庚知道伯颜官这么大，很乐意攀上这门亲事，很向往伯颜的权力，为依靠他，当即答应成亲，命蒲均文非娶不可，蒲均文不敢违抗父亲的严命，就答应成亲。

过了十来天，蒲均文果然派他的堂姐蒲金花再次出面，到蔡日忠家去说亲。并带上金镯子一只，准备作为定亲礼。

次日，蒲金花就到日忠家去。日忠夫妻在，荔娘不在。蒲金花一到，日忠夫妻就知道蒲均文又是无风三尺浪，有意刁难人。

果然，蒲金花说："蒲均文人很好，因为陆大人已去，荔娘成了寡妇，儿子成了单亲孩子，很可怜，所以他惜孤念寡，特地叫我来看荔娘母子一趟，顺便和你们谈一些事。"

说着，蒲金花就从包里取出已经准备好的糖果，要塞给杨氏身边的陆钊吃。日忠知道黄鼠狼给鸡拜年，不安好心，就说："我们陆钊不爱吃糖果。"陆钊看了看蒲金花，又看了看外公，很聪明，马上说："我不爱吃糖果。"连手也不肯伸出来。蒲金花不好意思，就把糖果放在桌子上。

接着，蒲金花就叽里呱啦说开了，道：

"我家蒲均文对荔娘企慕已久，上次来，你们不答应，却许配给陆大人，想不到陆大人这么快就死了，要是当初你们听我的话，嫁给蒲均文，就没有这事。我说呐，野鸭子伴着天鹅飞，到头摔下来的，还是野鸭子。嫁给陆秀夫，蔡荔娘是皇后的长相丫环的命，若当初嫁给蒲均文，蔡荔娘就变成皇后的长相、皇后的命。再说，蒲均文现在权势壮大，就连元朝也不敢找他的麻烦。如果蔡荔娘现在答应嫁给他，还来得及，可以做他的副室。蒲均文说，若荔娘答应成亲，他将保蔡荔娘平安无事，一辈子享受荣华富贵，因为蒲家有无数的金银财宝，钟鸣鼎食，吃喝不尽，如果你家许婚做妾的话，我家马上就可以准备结婚事宜，你们看如何？"

蒲金花说完，就把金镯子放在桌子上，说："这只是谈亲事的见面礼，请哂纳吧！待事成之后，蒲家必与你们厚礼相待。"

礼多必有诈。日忠知道蒲金花是八哥的嘴巴毒蛇的心，见她带来这么贵重的东西，忙说："这如何使得？理还理，情还情，黑白要分明，我家还没答应，哪能收下这金镯子呢？现在，陆大人刚离世不久，不是谈这事的时候，何况这事得由荔娘自己主张，我们不能做主，你还是把这东西带回去吧！"说着，就把金镯子塞回给蒲金花。

蒲金花这时又把话说得比蜜甜，道："昨天，蒲均文还倾吐衷肠，说事成之后，可以把陆钊也带到蒲家去养，蒲家差不了几斤米，一切生活开支都包在蒲均文身上。"

但蔡日忠夫妻就是摇摇头，杨氏说："我们自有办法养活外孙子，鸭吃田螺鸡吃谷，各人自有各人福。何况，这是大事呐，荔娘已是当娘的人，且热孝在身，这事只能由她自己决定，我们是半截儿入土的人，岂敢擅自做主？"

蒲金花碰了个软钉子，立刻收敛了笑容，弯来绕去，八九不离十，还是说："你们别把好心当作驴肝肺，蒲均文这次派我来，就是一定要娶到蔡荔娘。"

蔡日忠夫妻听了蒲金花这话，知道老猫不死旧性在，蒲均文又来找麻烦了。他们立刻预感到她话中有话，软中有硬，更知道她这是阎王娘怀孕，一肚子鬼胎，尽是算计欺负人，但他们不与她计较，日忠只是说："待荔娘回家后，再跟荔娘讲，由荔娘自己决定去留。"

蒲金花此时觉得没有什么话可说了，就趁势起身走了。

一会儿后，荔娘回家，日忠赶紧把这事向荔娘说了。荔娘说：

"这是不可能的事。这个人是个五不五、六不六的人，话中全是毒，笑中全是刀。他们从门缝里看人，把我看扁了，我虽是寡妇，但我有气节，我宁可兰摧玉折，也不会弄一身腥臭。我身为陆家人，死为陆家鬼，陆大人是宋朝的丞相，与元朝势不两立，格语说：薰莸不同器，枭鸾不接翼。我怎么能改嫁给一个与陆大人对立的元朝官员呢？再说，陆大人为人忠诚，为国殉身，名气世代流芳，蒲寿庚瓦釜雷鸣，为人阴险，弃宋投元，名臭万年，我怎么会改嫁给他的儿子呢？而且，从人品和做人上说，蒲均文给陆大人当学生都不如，陆大人为国为民奋斗一生，蒲均文不理国事，整天在女人堆里混，嫖赌饮齐全，怎么能拿墓冢去比泰山呢？我打死也不会嫁给他，真是吊死鬼说媒，白绕一番舌，叫他尽早把这个想法丢入爪哇国吧！"

日忠说："对，对，对，真是造孽呐，我也这么认为，怎么能跟这类人谈婚姻呢？"

杨氏也说："对，做人要有骨气，死也要有骨气，我不看金山银山，就看品德，为人，名声。"

日忠说："蒲金花走时说，她会再来，我说，我家荔娘再穷，走我们自己的路，蒲家再富，我们也不贪，各人走各人的路好了。"

过了几天，蒲金花真的又来了。日忠、杨氏在家，荔娘刚好又不在。

蒲金花一来就问："荔娘答应了吗？有没有什么条件？"

日忠说："荔娘话说得很明确，说忠臣不事二君，烈女不更二夫，她要一辈子守寡养子，不再文君新醮。"

蒲金花说："为何这么打算呢？才刚刚二十岁的人，何必要一辈子守寡，多可惜呀！"

日忠说："陆大人是宋朝丞相，他死后，妻妾再嫁给与宋朝对立的一面，这对得起陆大人吗？再说，初嫁从亲，再嫁由身，我家荔娘说不嫁了，这事只能这么算了。"

蒲金花听后，顿时翻脸，露出真面目，道：

"我家蒲均文说了，要么，荔娘做他的副室，他保她一辈子幸福快乐，如不，就要荔娘当他家的奴隶，因为荔娘是罪人陆秀夫的妾，可以抓，何去何从，由你们选吧！"

日忠知道对方已不肯息事宁人，便道：

"怎这么倨傲无理呢？你这是刻意刁难人，姻缘不能强求呐，我家荔娘镜破不改光，兰死不改香，是个节妇，可要撑陆家的门户呀！"

蒲金花听后，涎皮赖脸地说：

"现在宋朝已灭亡，元朝统治天下，你们再不懂得转弯应变，只能受苦受难一辈子。你们可要知道，到下辈子，天下还是元朝的，现在你们甜瓜不吃吃苦瓜，看我家蒲均文说话算数不算数？看他有没有办法抓一个四等人，抓一个属于被籍没家庭的寡妇奴隶呢？要答应，是你家的福气，不答应，是你家的灾难，我今天不是在说谵语，路由你们自己选，我走了。"

日忠、杨氏听了蒲金花这么说，气得脸青一阵白一阵，头发也颤巍起来，正要说蒲均文这是想趁浑水打虾笆时，只见蒲金花嗒嗒嗒地就出门走了。

第二十五章

蒲均文设卡抓荔娘　荔娘半夜逃往嵩山

住持也是抗元护宋　荔娘得以安心生活

这天，元朝大将伯颜到泉州视察，顺便去看谢美娜，蒲均文很高兴，特地从枫亭赶到泉州与伯颜会见。家事谈完之后，蒲均文既请教伯颜，问："陆秀夫已死，他有一个妾在枫亭，名叫蔡荔娘，能不能抓来当我的奴隶？"

伯颜回答说："凡是与元朝对抗的，不管什么人，统统可以抓，格杀勿论。小皇帝赵显、全太后和谢太后都要抓，临安府中的乐工、工匠、三学的学生和各级官僚都能抓来当俘虏、当奴隶，何况是罪人陆秀夫的遗妾蔡荔娘。"

伯颜这样回答，让蒲均文的胆子更大了，他想，无论如何他也要把蔡荔娘抓到手。

这样，蔡荔娘犹如身寄虎吻，处境十分危险，不但元朝的达鲁花赤在枫亭张贴布告要抓蔡荔娘，蒲均文更是想借此机会把蔡荔娘抓来做自己的奴隶。

但抓蔡荔娘也不是一件很容易的事。因此，蒲均文除了派两个暗探打听蔡荔娘的下落外，还与元军联系设立了联防站，在通往枫亭的三条主要通道上设了卡，一是防止带武器的义军路过；二是监视百姓的流动情况，防止人员集结抗元。另外，蒲均文知道上次元军来枫亭时，抗元义兵和驿所的吏员们都往西明寺逃，因西明寺的山口处就是"文子寨"，寨里的人都抗元保宋，地势险要，只有一条台阶路，不好进攻，却易防守，所以这个地方成为枫亭抗元的集结点，因此应设卡检查人员的来往情况，顺便可以监视蔡荔娘，不让她逃脱，可以说，蒲均文为了抓蔡荔娘，其抓捕计划订得湖心落石，圈套圈，没有丝毫漏洞。

再说荔娘这边，当天蒲金花的威迫，荔娘和蔡日忠夫妻就夕惕若厉，预感到情况不妙。为了避免蔡荔娘被抓，蔡荔娘从蒲金花来的那天起，就不在家中睡。据史料记载，此时蔡荔娘带儿子逃到隔壁惠安县与枫亭交界的盐田乡仓厝仙公洞去隐居避难，因为此处当时建有一个"忠贤堂"，陆秀夫在枫亭时，曾经组织要员到忠贤堂召开过一次秘密军事会议，因蔡荔娘知道此处避身安全，就带儿子在这里艰难隐蔽生活半年之久。该处一石柱上面曾留存有"气节文章光宋史，勋名德望冠南邦"等六对对联。

在蔡荔娘要去仙公洞避难前，蔡日忠等人就偷偷去了一趟仓厝村，找忠贤堂的堂主联络好了。仓厝村离枫亭只有十来里路，但属于惠安县管辖，不属于仙游县。仓厝村全村一姓，都是亲戚，对外团结一致，村里曾经出过许多在县驿里担任宋朝地方重要职务的人，一村数百人都是宋朝的忠诚百姓。忠贤堂的堂主就是这个村的族长。因此，在蔡荔娘到达此处避难时，受到全村的安全庇护。他们为荔娘事先整理清洗了一个房屋，一有什么消息，就为蔡荔娘通风报信和保护，对生疏的人来村更是加倍警惕。在生活上，米、油、盐、菜都由该村里人安排供应，可以说，陆秀夫的名声四扬，也为蔡荔娘提供了庇护。

有一天，蔡荔娘在天黑后带小孩回家看父母，偷偷藏身于邻居的一个仓库内。这家仓库有上下二层，是蔡日忠的好朋友蔡为民用于买卖放存货物的仓库，楼上楼下排着十几个大水缸用来装东西，以防老鼠破坏。楼上设有一层较隐蔽的阁楼，可住人。人到阁楼后，如需要的话，可以把梯子收起来，关上阁楼门，很难被发现。

蔡为民的这间楼房，就在离蔡日忠家不远的居民集居区内。这集居区内，密密麻麻都是房子，有一二百间，房屋和房屋之间，尽是巷子和小路，弯来弯去，不熟悉地形的人很难找到某一家。蔡荔娘和钊儿在这楼上，一面可以生活，一面可以教钊儿读书写字。如果万一听到外面有动静，她们母子可以躲进阁楼中，也可以藏在水缸中避难。为了防止暴露身份，蔡荔娘不出门，菜、米等生活用品由蔡日忠夫妻秘密捎来。

但防虎容易防鬼难。有一日，钊儿一身很脏，需要换衣服，蔡荔娘见这么多天了没有动静，就想下楼到家里取两件衣服给钊儿换，但想不到刚好就被暗探发现了，不到一个时辰，蒲均文立即带三十多个走卒赶来了。这时，蔡荔娘早已察觉，迅速回到蔡为民楼上，和钊儿藏在一个大水缸中。不一会儿，即听见外面邻居纷纷叫嚷：蒲均文派人来抓蔡荔娘了。

蒲均文一众人不熟悉地形，只得先包围了蔡日忠及附近几家的房子，封锁了路口，就开始挨家挨户进行搜查，但哪里能找到蔡荔娘的影子？于是蒲均文下令扩大搜查范围，查到了蔡荔娘藏匿的这间仓库。

仓库的外门被蔡为民的老婆临时锁住。两个兵卒过来，令蔡为民老婆打开仓库搜查，情况相当危急。但没有想到，这两个兵卒相当草包，上楼看了一下，翻看了两个水缸，没发现什么可疑的东西，就下楼了。最后，蒲均文白跑了一趟，空手回家了，蔡荔娘也因此逃过了这一劫。

看来，荔娘藏身在连江里，犹如处于虎口之厄，险象环生，很危险。因荔娘七天内只下楼一次就被发现了，蒲均文如此横行霸道，恣意妄为，要是把邻居搜查得细一点，荔娘很有可能就会被发现，若被抓去，荔娘就是九死一生。

为此，在这蒲均文要挟的时候，枫亭已经祸乱接踵，怎奈又来了元兵，蔡荔娘不得而知，因此已经无法生活了，必须立即转移。第二天，夜阑人静之时，日忠陪随蔡荔娘母子，带了一些银子和衣物，准备偷偷逃到仙公洞去避难。但到了仓厝村的唯一路口时，突然又发现前面设有交界处的岗所，虽然岗所内没有动静，但不知他们通过时会不会有人出来查问，因此，为了安全起见，蔡荔娘三人被迫回头从小路穿行，往莆田嵩山去了。

就这样，荔娘三人又一次萍踪浪迹，蔡日忠虽已上了年纪，但仍尚堪一行，同荔娘一起开始过上流浪和潜藏的生活。但这与两三年前不同的是，当时逃难，荔娘里肚子怀有钊儿，可这一次，钊儿才三岁了，只能背着走，走得慢。真是要比较，比上次更艰难了。再说，枫亭莆田这一带的晚上，山上经常有老虎出没，万一三更半夜碰到野兽，那就性命难保了。但事已至此，没有其他好办法，再危险，总比被蒲均文抓去更好些。

日忠和荔娘轮流背着钊儿，翻山越岭，在曲里拐弯儿的山路上，走了一弯又一弯，爬了一坡又一坡，终于第二天中午到了嵩山山脚下。

嵩山是莆田市东庄镇的最高峰。嵩山的西北面石崖陡峭，东南向则为斜坡，山下就是浩瀚大海，波涛冲天，在海上就能看到嵩山一侧的风景和寺院。嵩山地处偏僻，除了寺庙的僧尼之外，几乎无人出入。

此时已是冬天，南方的冬天虽然温度比北方热，但也很湿冷，山上更是寒风凛凛，冷飕飕的。临近嵩山之路石头多，树木萧森，海风呼啸，更是冷冽冽的，加之一天一晚的逃路，到达嵩山寺还得一个多时辰，气力花尽，肚子枯肠辘辘。口干，见路边有一个小流，有水，便在树下支起一口带来的小铁锅，熬了点野菜做汤，吃了些干粮，准备到陆大人的衣冠冢看一下，再进寺。

他们稍歇了一会儿又开始赶路，因是天亮了，又是到了安全地带，三人情绪放松多了。到了衣冠冢，周围的杂草已干枯，在海风的冲击下，不停地发抖着。周围几只山雀叽叽喳喳地叫着，寻找草籽吃，见有人来了，"咻"的一声都扑棱棱飞走了，衣冠冢的周围又恢复了清冷孤单的宁静。触景生情，荔娘一到这里，眼泪就不由自主地流了出来。真是千针难缝人心碎！荔娘一手抱着钊儿，一手按在冢头上，又是凄凄惨惨地一场痛哭。日忠看了，也是情不自禁眼泪流出来。他想，要是陆大人在，他怎么能忍心自己的妻妾和儿子这样奔波流浪呢？但一切都已过去了，荔娘的心思，只有天知地知了。

过了一会儿，荔娘停了哭声，叫钊儿和自己一起跪下，教钊儿说："爹，我来看你了。"钊儿也学着说："爹，我来看你了。"说完，荔娘向衣冠冢磕了三个头，钊儿也学着向衣冠冢磕了三个头。

到了衣冠冢，也就到了护国院。

护国院的陈住持知道父女、孙子三人是逃难来了。问清事由后，陈住持很同情荔娘的命运，决心尽力保护好荔娘一家三口。

刚到寺院的第二天，可能是半夜奔波，冷空气冲击，当天半夜钊儿突然发高烧了，又拉又吐，夜里还惊悸抽搐。正当日忠和荔娘焦急万分、惊惶无奈之时，陈住持叫来寺医给钊儿针灸，吃草药，钊儿才得以渐渐好转。陈住持还从生活上给予荔娘帮助，这使荔娘和日忠都非常感激。日忠因此把身上带来的银子都交给寺院，用于买菜和粮食，护国院里其实生活清闲，经济也很困窘，推辞了一会儿，陈住持终于也收下了日忠的些许银子，日忠三人才安心住在这里。再过几天，蔡日忠见事已安稳，就回家去了。

在此期间，仓厝村见蔡荔娘回家这么久了怎么还没有回仙公洞，就特地派人派人到日忠家来打问，在得知情况后，村里人多次派代表送粮食到嵩山寺来，帮蔡荔娘解决生活困难，这使蔡荔娘一家人都非常感动。

从此，蔡荔娘蛰居护国院，睡得特别香，特别安恬。也许是逃出蒲均文的魔爪吧，也许是房间里这床铺是陆大人曾睡过的，留下的好运。反正，蔡荔娘息迹静处，在这里安安心心地生活，帮寺院打扫卫生、煮饭、炒菜，样样行。日忠看钊儿，并在护国院中的象山书院里教钊儿识字读书。象山书院，始建于唐末五代之间，书院延师课徒，曾培养出史部、布政司和傅旨大人等几十位官员。书院古籍很多，是培养人才的好地方，陆钊就是在此得到了良好的教育。

这一夜，荔娘又做了一个梦，梦见陆大人轻轻地走进屋里，坐在床边，为荔娘盖好被子，为钊儿翻好身，把手塞进被窝。并微笑地看着他们，抚摸着荔娘的脸，把自己的脸贴在荔娘的脸上，说："荔娘，我终于回来了，我来看你们母子和尊亲大人了。"正当荔娘要回话时，荔娘突然醒过来，她赶紧睁开眼睛向四周看，周围什么也没有，更没陆大人，她想大哭一场，但还是克制住了，没有哭出声来，可眼泪还是一滴滴掉在钊儿的脸上。

第二十六章

蔡荔娘被暗探发现　均文欲用武力强抓
寺院僧侣怒挡打手　均文逃命死于嵩山

时间过的很快，一日三，三日九，转眼荔娘已在护国院住了半年顷，冬天过去了，春天到来，万物开始苏醒，几场春雨之后，大地潮湿温和，山上的草木已经返青发芽，紧接着清明节就要到了。

清明节时分，山上野芳发而幽香，佳木秀而繁阴，是人们扫墓的日子。人们为了纪念先祖和追思逝去的亲人，备觉感伤，正所谓"魂断最是三月天，一齐弹泪过清明"。荔娘更是对陆大人充满哀思，她置办了一些水果、几碟小菜和一瓶桂花酒，准备到陆大人墓前去祭祀。

这天中午，春意醉人，山上野花盛开，花蕾竞相绽放，花儿和草叶相亲相爱地簇拥在一起，天空细雨霏霏，雾霾弥漫，风儿劲吹，更让人们对死去亲人充满了无限的轸念和回忆。这时荔娘牵着钊儿到墓前，日忠也特地从枫亭赶来，提着篮子和锄头来到了陆秀夫的衣冠冢。荔娘和日忠把周边的杂草清除干净，摆上祭品，点上几炷香，烧了纸钱，思念又绕在心头。屈指算来，自从陆秀夫到枫亭宣谕《抚安闽民檄》认识他至今，已近四年了。这四年的时间，如过眼烟云，一瞬间就过去了，但这近四年多留下的事情、经历和想念，却给她留下难以泯灭的回忆。虽说与陆大人相处的时间才50多天，但她并不后悔，陆大人已成为百姓心中的英雄，已足矣！

也值得她永远追念，铭诸肺腑。因此，荔娘在陆大人墓前发誓，一定要把陆大人的血脉——钊儿，好好养育成人，决不辜负陆大人对她和钊儿的责志。当日，荔娘和钊儿在向陆大人的衣冠冢跪拜之后，就和日忠回护国院去了。

但想不到的是，这次扫墓凭吊是荔娘自到护国院后，第一次走出护国院，谁知千层篱笆都透风，只这一次，不该发生的事情发生了。

原来，自蒲均文上次没有抓到蔡荔娘后，又雇了两个暗探，专门打听蔡荔娘的去向。在这几个月内，暗探们想尽了办法寻找荔娘的下落，还几次打扮成烧香人，上西明寺去探找线索，又专门到附近的所有寺庙去探找，一直找到嵩山护国院。这天，正好是清明节，两个暗探又打扮成烧香的老人往护国院去，路上就发现荔娘三人可疑，便暗中在草丛中静待观察，一直尾随，发现这三人往护国院去了。暗探并不认识荔娘，也不认识日忠，但带了一个小孩，引起了暗探的怀疑，跟随到护国院后，暗探又回头去看坟墓，才断定这三人是荔娘、日忠和钊儿。

鹅毛飞上天，总有落地时。第二天，蒲均文马上又派一帮人马上闯进日忠家搜查，结果发现只有杨氏一人在家，又从暗探口中得知三人的长相和大概年龄，这就更加断定了暗探的眼力。不错，蔡荔娘不会销声匿迹，不会飞上天，肯定是在护国院。

第四天，蒲均文经过缜密的分析，决定亲自出马，带了几个元兵和30多个横鼻子竖眼的家丁，从自己的码头乘两艘船直抵湄洲湾内的嵩山脚下。他吩咐大家：“抓蔡荔娘，要抓活的，我要活着的蔡荔娘！”

就这样，走卒们浩浩荡荡地向护国院奔去。到了护国院，即把护国院的后门也封锁了，以防蔡荔娘从后门逃脱。然后，蒲均文就气势汹汹地闯进护国院的围墙内。护国院像胡蜂撞进了蜜蜂窝里，立刻就鸡飞狗跳起来。

护国院的僧侣知道遭逢坏人了，马上报告给陈住持，陈住持一听，预感到情况不妙，出门便看见一大帮人杀气腾腾，手中带着刀和棍，知道来者不善，马上就意识到这是来抓蔡荔娘的。于是，他拦住蒲均文一帮人，大声发问：

“来者有何事？敢在老虎头上抓虱子，好大的胆呀！”

陈住持瞑目盼之，声音很大，屋里的僧侣听见，马上都跑出来保护陈住持。此时的蔡荔娘和日忠三人，在一个僧侣的带路下，藏在护国院的一个地下室里。

蒲均文面有不豫之色，虎起脸说：

"来抓陆秀夫的遗妾蔡荔娘。"

陈住持狠狠地睐了他一眼，道：

"你是何许人？敢在太岁头上动土？你凭何理由抓她？"

蒲均文脸红脖子粗，拿腔拿调地说道：

"我是泉州蒲寿庚的三儿子，叫蒲均文。陆秀夫是罪人，其妾当抓。"

陈住持这时从牙缝里进出春雷，从舌尖上振起霹雳，道：

"欲加之罪，何患无辞？你这是阎王爷告状，净是鬼话。宋朝是你家的恩人，给你官当，你良心却长到肋条上，怎么不扪心自省呢？还说陆秀夫是罪人，不该呀！"

蒲均文是个性情狂暴的人，他牙一咬，心一横，道：

"我不管什么宋朝不宋朝，东天也是佛，西天也是佛，哪边风硬，我当然往哪边倒，不投靠元朝，我投靠谁？再说，宋朝大势已去，南人是四等人，与物相同，蔡荔娘又是罪人，有何不可抓呢？"

陈住持这时声色俱厉，道：

"你别满嘴喷粪了，蔡荔娘明明是人，何道是物呢？蔡荔娘不是罪人，人不在这里。今天就是在，也不许抓。"

蒲均文碰了一鼻子灰，仍要要横，一脸煞气地道：

"我今天就是要人。"

陈住持火冒八丈高，道："不行就是不行！你要是故意拿捏人，别怪我不客气了！"说着，用手一挥，十来个僧侣拿出棍棒，挡在蒲均文面前。

蒲均文也不肯认输，横跳一丈，竖跳一尺，硬邦邦地大声说道："给我搜！"

陈住持一口咬断铁钉子，道：

"这是寺院，受朝廷保护，未经允许，谁人也不能进屋搜查。"

这时的蒲均文，像眼镜蛇打喷嚏，满嘴放毒，说：

"你知道我是谁吗？元朝大将伯颜，是我夫人的姨丈，我拔根寒毛都比你腰粗，你敢挡？"

陈住持掷地有声，道：

"不行。你们朋比为奸，作恶多端，迟早会受报应。你欺人太甚！就是皇帝也得让三分给寺院，寺院有特权，元世祖忽必烈已尊名僧八思巴为国师，八思巴的法旨可与皇帝的诏敕并行西土，未经许可，谁搜老衲的寺院，就打谁的头。"

蒲均文还是耀武扬威，一语撞倒墙，道：

"我今天就是要搜，要抓到蔡荔娘，顺我者存，逆我者亡。"

陈住持不知道荔娘三人已藏在地下室，因此，大声道：

"你敢！我再次告诉你，天堂有路你不走，地狱无门自进去，好吧，你敢搜，就不客气了！"

蒲均文火了，一时猫脸，一时狗脸，两只眼绿莹莹的，露出恶狼一般的凶光，以为自己势大如山，不怕闯祸，就再次下令："给我搜！违抗者，格杀不论！"

于是，一大帮走卒和打手乱腾腾地就要强闯进门。

陈住持见状，气得目眦尽裂，怒轰轰道：

"你这个祸水，妖孽，不除不能平民愤！来人，去一恶，长十善，给我打！"

僧侣们听了，立即棍棒相向，双方就打起来了。

僧侣人虽少，但个个都是趫趫武僧，武艺高超，气力如山。蒲均文一帮人虽多，但根本不是他们的对手，只一会儿，蒲均文的一众人就有好几个倒在地上，蒲均文见状，自己也赤膊上阵，但只两个回合，就被僧侣们打得满地打滚，腿受重伤，走路一瘸一拐，只好喊大家住手。但蒲均文还是嘴硬，道：

"我治不了你们才怪呢，待以后瞧吧！"

但意外的是，当蒲均文三步蹦，两步跳往山下逃跑时，却突然踏了个空，从山上滚落下来，最后撞到一块大石头，头颅重重地碰在石壁上，当即丧命。

蒲均文死后，荔娘的处境好转，但她有没有马上回家，仍在护国院里生活有五年之久，其间只有蔡日忠来来回回于枫亭和嵩山之间。蔡荔娘与唯一的独苗陆钊，随时都有被元兵和蒲寿庚借故报复的可能，所以她和陆钊就一直在嵩山寺避难。再后来，社会的形势也发生了变化，各地的民众不断反抗斗争，每年少则一二百起，多则三四百起，拖得元朝廷筋疲力尽，很想平定各地的反抗，稳定局势，为了粉饰天下太平和稳定统治基础，元朝自灭宋五年后就没有再乱抓乱杀前朝官吏及其家属了，这时蔡荔娘才回到稍显宁靖的枫亭居住，过上较稳定的生活。这时，陆钊已 8 岁了，他已在护国院的象山书院读书识字有 5 年了。

第二十七章

元朝欲请陆钊当官　荔娘陆钊以诗回绝
创留春节悼念秀夫　流传至今七百多年

　　元初时期，兵戎相见，领土之争，谁打赢了，谁就是王，谁打输，谁就是贼。正所谓"胜者为王，败者为寇"。宋朝和元朝，因为元朝打赢了，所以元朝是王，统治天下，宋朝败了，所以宋朝的官僚成了俘虏，连皇帝也成了罪人。尽管后来蒲寿庚将蒲均文一案诉到官府，但由于护国院是佛教寺院，蒲均文亦不是护国院打死，此案最终也就一了百了。

　　后来因世殊事异，历史记载元朝在稳定统治后，大约于1284年开始，不再乱杀无辜了，至1295年还大举招贤纳士，征集宋朝各方面有影响力的人来辅佐政权。元朝廷还曾派人寻找陆秀夫的后裔，要封他们为官，为元朝服务，甚至连元朝枢密院副使兼湖州路总管丁聚在陆秀夫殉国4年后，也十分敬重陆秀夫，称赞陆秀夫背帝蹈海，以身殉国的忠烈行为，称赞他奏响了一曲声震天宇、气贯长虹的爱国壮歌。他上奏朝廷，应为陆秀夫修建墓园，并在广东南澳县青澳湾为陆秀夫营墓，题碑为《宋忠臣左丞相陆公墓》。这就是历史上称为"异代尊"的史话，虽说墓中没有陆秀夫的遗骨或衣冠，但可以清楚看出当时元朝统治者对英雄人物看法发生的变化。

　　因此，民族英雄陆秀夫在抗元斗争中所表现的"宁为玉碎，不为瓦全"的民族气节，为后人敬仰。元贞二年八月皇帝为此下诏曰："人之死，或重如泰山，或轻如乌毫，有宋大臣陆秀夫，死于忠，可谓得其处矣，近编国史，显绩俱存，其子孙理宜录用，今差宣抚李文虎，寻访陆秀夫子孙，前来录用。"元仁宗延佑元年（1314年），元朝宣抚使李文虎前来兴化路寻找陆秀夫的后裔，终于在枫亭得知陆秀夫还有遗孀蔡荔娘和儿子陆钊。李文虎喜出望外，急欲录用陆钊入朝为官。此时的陆钊已37岁，长得五官端正，一表人才。但陆钊不为心动，因为他自幼由母亲抚养长大，经历过幼年颠沛流离的生活，也听母亲讲过许多父亲抗元殉身的故事，幼年和青年时期在母亲的管教下，刻苦读书，精通诗文。如今已经成家立业，娶妻生子，深知父亲当时的奋斗精神和抗元的不屈不挠，更对元朝的曾经的残暴和如今的转变深有体会。现在一家人在枫亭安心生活，日子倒过得平静安详，所以对元朝的聘用不感兴趣。因此，忠贞的荔娘母子俩认为：乌鸦有反哺之孝，羊羔有跪乳之情，作为大宋抗元斗争丞相的嫡亲后代而躬身仕元，显然有悖于宋朝皇室的恩典，也违反了陆大人一心为国抗元的奋斗目标。因此，此事断不可为，但又不好推卸拒绝，母子俩就分别写了却诗表达回绝之意。

蔡荔娘的回绝诗，据史料中所述，有三首，无法考证哪首是真，只好都列出来供大家品评：

其一：

夫主命妻儿，全家海若怡，老自奉懿旨，举子结宗支。

该诗意是：丈夫告诉我和儿子，全家在枫亭海边安居是最快乐安逸的，我也是遵从老太后的意旨，带儿子延续陆家的香火，光大门庭，不想应聘。

其二：

诏书颁录用，元主大慈仁，使者天中至，左丞子有人

该诗意是：皇帝的诏书发出了录用的命令，这是元朝皇帝的大恩典和慈爱，使者虽然是从朝廷中央派来，但是左丞相已经有后人了，已经不需要太多的恩德了。

其三：

上天如许大，下地若斯平，臣子官家众，小儿不足令。

该诗意是：天是那么的大，地是那么的平，那些做臣子的有那么多，我的儿子普普通通不足以让他去当官。

而陆钶的却聘诗，据史料中记载有五首，不知那首是真，只好也列出来供大家品评：

其一：

　　大元天使至，录用为先臣，北面恭辞召，高堂有母亲

该诗意是：大元的使者来了，要录用我为臣子，面对这北方我推辞召唤，因为我家里还有老母亲须照顾。

其二：

　　却聘随慈命，太平荷帝恩，枫溪流活水，松月照枯萱。

该诗意是：推辞朝廷的聘用，是听从我母亲的话，太平盛世时有皇帝的恩德，才使枫江的水那么鲜活，松树上的月亮照耀着这古老的萱草，这里一切都很美好，我怎么能去朝廷做官。

其三：

　　新元怀故宋，陆母扶孤儿，儿去谁将母，母留子是依。

该诗意是：新的元朝让我怀念已经不在的宋朝，母亲抚养着独子，如果我去当差了，谁来赡养母亲，母亲在，就是儿子的依托。

其四：

　　拜谢新君诏，诏求有用人，母知期艾者，儿好为逸民。

该诗意是：拜谢新皇帝的诏令，希望去诏令那些有用的人，我知道母亲能活到八九十岁，做儿子的只想做一个普普通通的老百姓，做到一家团圆幸福。

其五：

　　乾坤容易老，日月色难留，何物堪持赠，足添海屋筹。

该诗意是：天地容易老，日月的光彩也是很难留住的，什么东西可以相赠呢？只有在海边小屋里安心为家才是上策。

李文虎读后,知道了荔娘和陆钊的心意,就不再强求,叹曰:"孝子出于忠节之门,无容强也!"同时,他也被荔娘母子的大气和忠孝所感动,故回了一诗:

忠臣生孝子,节妇抚孤儿;

稽首天庭达,善为有母慈。

该诗意是:忠臣生下了这样的孝子,贞烈守洁的女人抚育着独子,对朝廷的诏令恭敬地婉拒,这是因为母亲对自己来说是最重要的。

但有人说,李文虎还写了另外一首诗:

夫人真大节,令人慰先翁;

复命依言语,待旌考继志。

该诗意是:蔡夫人真的很贞节,你的话安慰了先人,我将按你们的话回复给朝廷,以表彰孝子继承忠臣的气节和品德。

最后李文虎只好以陆钊需要照顾年老的母亲为由,回朝廷复命了。

时间旋踵即逝,一转眼多年过去,这时,蔡日忠和杨氏均已去世,荔娘就住在娘家,即枫亭蔡日忠家里,真如谚语所说:"男凭舅家,女凭娘家"。蔡荔娘这时也已经50多岁了,岁月流逝磨蚀了她年轻时的锐气,而且一生中不幸的遭遇,使她过早地色衰貌竭,人老珠黄了。她原本那乌黑的头发,现在已花白了,原本那润泽得有弹性的肌肤,也已经松弛了,岁月的风刀霜剑,在她脸上镌刻了一道道皱纹。荔娘身体也出现了毛病,毕竟是老健春寒秋后热了。真是年年岁岁花相似,岁岁年年人不同。岁月像一把锐利的杀猪刀,每个人都少不了被这把杀猪刀刻上衰老的面貌,这时的蔡荔娘,虽历尽沧桑,但生活平静又安适,生活上再没那么多沟坎了,一切都朝好的方向发展。人的一生总不能那么顺利,但人生展现在每个人前面的路,总是那么地不公平！有些人，从出生开始到死亡的尽头，都是一路坦途，一路春风，一路艳阳，都是鲜花，都是颂歌，而有些人，一踏上人生的路，就是坎坷，就是苦难，这也许就是命运吧！好在荔娘的命运是先苦后甜，晚年的生活过得还很平顺，只是年纪轻轻就丧夫的痛苦，是一辈子挥之不去的。

　　熬过九九八十一难的蔡荔娘，晚年经常穿梭于枫亭和嵩山之间。枫亭是生她的地方，是她结婚生子的地方，而嵩山是她的第二个家，是她生命得以延续，幸遇好人能活下去的家。没有嵩山这个家，也许就没有荔娘的后来。在枫亭这个家，有了三个孙子，好花开在一树，而且三个孙子都聪明活泼。更可喜的是，儿子钊儿更是芝兰玉树，十分孝顺，生活条件已大有改善，少不了吃、住、穿，这已很欣慰富足，不要再过凄风苦雨的生活，没有什么可担心的事了，但她抗元救国的意志依然历久弥坚，坚定不移。因此，大约自1310年开始，蔡荔娘在祭奠陆秀夫时，就组织乡亲们开设影响力极大的"留春节"来纪念民族英雄陆秀夫，并以表演"留春舞"的艺术形式，呼唤人们忠于国家，保护国家的爱国情怀。就是从这个时候起，枫亭的留春节一直延续到至今，节会每年还在枫亭举行。现存下来的《留春歌》音乐，是以莆仙曲演唱的，短诗为："唱留春，唱留春，开鼓声，慰忠魂，春光虽好不复来，忠魂不眠千古存"。还有用地方方言表达的长诗，经过七百多年的流传，至今还存在的片段是：

　　　　击龙鼓兮唱留春，

　　　　唱留春兮吊忠魂。

　　　　春光虽去兮还复来，

　　　　忠魂未眠兮千古存！

　　　　……

　　　　击龙鼓兮唱留春，

　　　　唱留春兮吊忠魂。

崖山怒涛空拍岸，

蛙声依旧谁与闻。

……

击龙鼓兮唱留春，

唱留春兮吊忠魂。

吊忠魂兮举义旗，

国仇未报兮心如焚！

……

击龙鼓兮唱留春，

唱留春兮吊忠魂。

吊忠魂兮发冲冠，

敬忠魂兮共策勋！

……

留春节的纪念日是蔡荔娘定的，即在每年的农历三十日（小年农历三月二十九日），枫亭连江里一带的百姓都依例自发举行。（莆仙方言叫"开鼓厅"）。这是为纪念南宋丞相陆秀夫及几万兴化护军为国捐躯而设立的民间节日。之所以称"留春"，是希望陆秀夫及几万为国献身的兴化军像春天一样永驻人间，故把春季的最后一天当作纪念日。

因此，每逢农历三月三十日晚上，枫亭一带地方的家家户户晚饭都煮炒面条吃，并在家门口摆上供品及银箔纸，烧香膜拜一阵，以慰陆秀夫。并组织一支游唱队，配以一对直径1.6米的大鼓主持表演。这种大鼓象征着宋代皇室的"龙鼓"遗物，龙鼓音色雄浑，还以一对大金和一对大锣配音，形成了宋朝草锣鼓那"咘哊咘哊锵"响声，数里之内的人都能听见。

这支游唱队游行时，前面举着一对白底红边中间书有"风调雨顺，国泰民安"

的方块牌灯，以及一对龙头大红灯和一对白底红边书有"留春"红字的牌灯等等。这支游唱队阵容雄伟壮观，由百人组成，以后又发展到边敲边唱着莆仙方言小调《十二月景》。《十二月景》共48句，是何年何月由谁写的，尚不得知，但其已在民间流传了数百年。《十二月景》翻译成汉语是：

> 正月出来是上元，南宋幼主枫亭临，遗臣陆相先入闽，幼帝闻蛙夜不眠。
>
> 二月出来桃花开，少帝驻跸枫亭来，幼主夜宿仁王院，抗元复宋巧安排。
>
> 三月出来是清明，曰忠女儿荔娘名，配给秀夫为副室，活水成婚夫妻情。
>
> 四月出来人布田，当年繁华活水亭，建有陆相好府第，满园荔荫遮花亭。
>
> 五月出来榴花开，陆钊到此来投胎，陆相夫妇喜不胜，夫妻和睦又恩爱。
>
> 六月出来荔枝红，秀夫为国奔粤闽，留下荔娘在枫亭，母子生活很艰难。
>
> 七月出来是中元，秀夫为国挂心肠，宋元两军海上战，剑赶原配跳海沉。
>
> 八月出来是中秋，陆相负帝赴冥州，噩耗传至枫亭来，荔娘伤心苦忧忧。
>
> 九月出来是重阳，荔娘设祭吊游魂，衣冠墓葬护国寺，抚养陆钊后世传。
>
> 十月出来十立冬，荔娘思君心不安，夫妻恩爱无多久，君去奴在身孤单。
>
> 十一月出来霜雪寒，荔娘母子难开颜，欲为陆家继后代，度日再苦心也甘。
>
> 十二月出来寒度春，日日夜夜怀念君，不忘前日夫妻情，且把三月来留春。

另有《送君诗》一首，歌词也是用莆仙方言表达，共96句，也不知是何年何月由谁编写的，但流传的时间估计也逾百年了。《送君诗》大意是：

> 送君送出相府门，门前荔枝荫相连，回首当年成婚时，夫妻恩爱意绵绵。
>
> 送君送到社公边，敬拜社公共夫人，保佑奴君早到厝，备办礼品谢神明。
>
> 送君送到集英亭，两人桥头齐牵连，观音大士坐亭中，枫亭太平万万年。
>
> 送君送到许北门，君前奴后两相随，君你此去早投店，莫等黄昏人关门。

送君送到许霞街，看见鸳鸯游蕉溪，双手也也叫君看，两人微笑走排排。

送君送到霞桥头，思量君你目泪流，庇佑奴君早转来，免奴日夜挂心头。

送君送到古下边，一阵梅雨淋君身，牵起衣裳共君遮，君你千万记在心。

送君送到五里亭，五里亭下人布田，布田犹如鸡啄谷，拔秧好像狮摇铃。

送君送到元兜亭，借问米酒沽一瓶，敬君平安早上路，尽心尽责效朝廷。

送君送到许秀溪，看见黑虎白脚蹄，谁人厄打黑虎退，奴奴赠伊一双鞋。

再送君到洪厝坑，洪厝坑下住一暝，爱与共君讲长短，听闻灵鸡叫五更。

终送君你到西坑，盼望君你早回家，奴奴在家守贞节，再作哑谜给君猜。

什么开花尾弄双？什么开花满山红？什么开花连枝爱？什么开花连枝香？

竿芒开花尾弄双，胭脂开花满山红，秋莲开花连枝爱，冬桂开花连枝香。

哪里有火火莫薰？哪里有水莫扒船？哪里有人莫吃饭？哪里有猪莫吃"番"？

石里有火火莫薰，井里有水莫扒船，壁上有人莫吃饭，画里有猪莫吃"番"。

谁人创造这乾坤？谁人创造江海船？谁人创造四海水？谁人创造水上船？

释迦创造这乾坤，如来创造江海船，龙王创造四海水。鲁班创造水上船。

什么放仔田后沟？什么放仔跟水流？什么放仔在树尾？什么放仔在身兜？

田螺放仔田后沟，鲤鱼放仔跟水流，乌鸦放仔在树尾，奴奴生仔在身兜。

哪是青山哪是云？哪里海水哪是船？哪是五星哪是月，哪是骏马哪将军？

下是青山顶是云，下是海水顶是船，下是五星顶是月，下是骏马顶将军。

青山因何来载云？海水因何来载船？五星因何来载月？骏马因何载将军？

青山载云渐渐开，海水载船叫哗哗，五星载月随月落，马载将军去征番。

最后是：唱留春！唱留春！慰忠魂，春光虽好不复来，忠魂不眠千古存。

从这两首流传下来的方言诗中，记述了小皇帝入枫亭前，陆秀夫曾先来枫亭一趟；农历二月，幼主来枫亭住在仁王院；农历三月，蔡荔娘配给陆秀夫，成婚地点在活水亭；农历五月，荔娘怀孕；农历六月，陆秀夫又南下；农历七月，宋元两军海上大战，陆秀夫背负皇帝跳海；农历八月，消息才传到枫亭；陆秀夫的衣冠葬在护国寺等等。

估计是为了诗歌朗读顺口，该诗的时间与历史书籍中所记载的时间很不符合，这也许是为了创作便利。但它记录了宋朝小皇帝到枫亭，直到跳海的全过程，以及蔡荔娘设祭吊忠魂的经过，既表现了荔娘复杂思想的心情，也表现了她抗元救国的决心。

从这首《送君诗》中，可以看出：从枫亭南下的时间是在半夜，下着梅雨，路上还看见一只白爪的黑虎；行军路线是经过霞街、霞桥、五里这条路；荔娘和乡亲们送陆秀夫走了有八里路，一直到进入惠安交界为止；也可知道，当时因为船只不够用，又招了新兵，所以，杨太后和小皇帝从海路走，陆秀夫带一部分兵从陆路步行，然后到泉州再集合，等等。

蔡荔娘发起的"留春节"，早在明代的"枫亭志"中就有记载。如公元1670年的《连江里志略》中引自明代《仙溪连江里岁节》的记载述道："三月留春之夕，境人聚饮于家，击鼓狂歌，负龙头疾趋于街，谓之闹□□□□□贵家室，无不皆然。虽贩夫□□亦一觞□例，□□□□□□。"（注：□为年久破损，字无法看清。）该记载可以证明留春节及留春舞在枫亭延续了七百多年，"留春节"每年照常由枫亭兰友村的"三妈宫"组织人员敲锣打鼓纪念，从未停止。以此可以看出枫亭人民对陆秀夫和蔡荔娘的爱戴。另一方面，尽管说各地以各种方式，如建祠馆、塑造画像等方法悼念陆秀夫，但可以说，用一个固定的日子来悼念这位历史人物，至今只有枫亭这个"留春节"了。

晚年蔡荔娘的生活除了照顾枫亭这个家和组织过"留春节"外，另一项重要的活动，即是参加每年枫亭的游灯。

福建枫亭的元宵游灯，至今已有千年历史。据史料记载，早在北宋时期就已开始，盛行于宋庆年间，并流传有"香涌太平港，灯耀青螺峰"和"明月满街流水远，春灯入望众星高"等诗句。明崇祯年间，时任副都御史的枫亭林兰友奏请皇帝曰：

"微臣家乡元宵元灯会不逊于皇都，恭请陛下届时驾临观灯"，因得到崇祯皇帝的应允，在当时就轰动了京城，使枫亭游灯更加受到关注，并以气势恢宏，工艺精湛，地方特色浓厚而誉满海内外。2008年，枫亭元宵游灯已被国务院列为国家级非物质文化遗产名录。现今的枫亭游灯，游灯持续5个夜晚，节目比以前更加丰富多彩，有几十种之多，游灯队伍浩浩荡荡长约一公里，全程缓慢地游走5公里路程。正月十五这一夜观众人数更是不计其数，街道两旁前头的观众，像挤电梯一样地站满了人，比肩而立，可谓人山人海，甚至每年东南亚、美国、匈牙利和澳大利亚等国家和地区的朋友也纷至沓来，不远千里来此观摩拍照，一饱眼福。真是：火树银花元宵节，枫亭处处都是春。千家百户齐游灯，枫江两岸不夜深。

游灯之夜，"灯火满月万里明，烟花笑声冲云霄。"枫亭街道上，家家张灯结彩，灯火辉煌，皎洁的月色，明亮而洁白，把枫江两岸映托得更加璨然夺目，人们喜气洋洋，载歌载舞地沉浸在一片欢乐的气氛中。

此处，有清末民初枫亭画家林肇棋收藏的作品，后由民国时期枫亭镇长宋慎杰手抄本保存下来的由宋洪林写的《枫亭元宵晚上》一文章如下：

这月十三夜至十七夜，附近各乡，夜夜游神提灯，闹得不亦乐乎。但十六夜因春雨霖霖，不得举行，改为十八夜补游，那晚就算最为热闹，所以我专述那晚的景况。

那夜天空里只有那疏疏密密的星儿，等着东方的月亮，街里两边屋檐上密悬着对对大灯，直看去好似街上的短垂帘。街里塞满了花花绿绿的男女老稚，纷纷地拥挤，我和几个同学被挤压着不得了，无法只得随人隙，找到较宽的地方来休息。

忽然听着锣鼓声响出，转头看时，原来"头牌"迎面而来了。随后的是"彩旗马""大灯""大牌"一对对地过去，接着是蜈蚣灯，这种灯是最美丽，用玻璃灯瓶着一架，状如蜈蚣，十几架相继举起，如一条波浪形般过去。续过去就是"火树灯"，用灯联成如尖伞形，一株有数百盏，火光灿烂明辉，或大或小一株株连续不断，再接的是幼龄女儿浓妆似仙女一般，挑着花担间奏雅乐，声音嘹亮，琴弹管吹，歌声遏云地唱和。再续的是用菜头刻成各种花范，涂成颜色，或动物禽兽样式，点着明烘烘火光，缀在树枝上雕成各样花盆，用两人扛抬一架。此外更奇巧的是"小架"，就是五尺方的木棚架上面布着小花亭，选绝美的女子化装为历史上的什么英雄模样，提着棒立于亭前，棒杆上再撑着一个袅袅武女，可以向左右晃动，这样使人觉得有真实的形象。再后就是鼓声咚咚，锣声铮铮，或"弄龙""弄狮""故事""长脚戏"，这都是很普通的游戏。最后的是"扛神轿""跑刀轿"。

这样照耀的一街，明烘烘排接起来，差不多一里长的执仗，整整齐齐，鱼贯漫行，沿街弦管高奏，助成乐趣，等到游行回来时，已是满街户户放火鸣炮，欢迎神轿回宫，非常欢乐。那么再移时，月亮当空，不由得将无数的人，被月光照散了那里去，仍是变为一个热闹的静景。

枫亭元宵十五的游灯，热闹非凡，如诗中所言"千门开锁万灯明，正月中旬动帝京，三百内人连袖舞，一时天上著词声。"直到晚上约11点回游后，节会才在一片热烈的鞭炮声中结束了，但它汇集了篝火、社火、游神、游灯、古巫、棕轿、傩舞等多种古典文化和民俗文化，以独特的形式，展示了枫亭的大众智慧和文化底蕴的深厚，堪称是灯艺、曲艺、舞蹈、戏剧、杂技等多种艺术和历史文化、时代文化融为一体的表演，无可非议地成了元宵夜游灯的"天下第一游"，实如于右任先生所说的"壮哉枫亭，元灯是竟！"

而当年的蔡荔娘，不但每年忙于参与游灯活动的安排，她还与其他姑娘特地编排了一个宣传陆秀夫忠诚爱国的戏架，以唤起人们对祖国的热爱和对英雄的记忆。

晚年的蔡荔娘，不但积极参与社会活动，还经常到嵩山护国院拜望，到这个没世不忘的地方是为了报答它的活命之恩，荔娘除了每年扫墓必到护国寺外，家里有好吃的东西和省吃俭用下来的钱，她都攒起来往护国寺里送，以感恩护国寺在她最艰难的时刻，给她的支持。因此，护国寺陈住持卧病在床，蔡荔娘就住在护国寺照顾，直到陈住持圆寂为止。

陆大人的衣冠冢，蔡荔娘每年也是必去凭吊两次，一次是清明节，一次是冬至，这也是枫亭的例。她每次去，她都要带上鲜果和祭品给陆大人祭慰。每一次去，她都要把衣冠冢边的草除得干干净净；每一次去，她都会流下许多痛苦的眼泪。丧国亡夫的双重打击，对荔娘一生的刺激太大了，使她原本爱说爱笑的性格，变成了不爱说话和有些呆滞的性格，直到陆秀夫的衣冠冢墓木已拱，蔡荔娘也近六十岁了，但她依然经常用眼泪来追念为国捐躯的陆大人，这也许是人老了更爱思念和回忆的结果，也许是她一辈子生活中最值得留念和缅怀的痛苦记忆吧！但只有眼泪能表白她此刻的复杂心理。

不错，人老了，是更爱回首前尘，思念往事和怀念故去的朋友。年轻时的好同窗、好朋友张珍珠，为了刘道义的爱，曾离家奔波于崖山。刘道义牺牲后，张珍珠无法回家，就留在崖山，崖山被攻破后，张珍珠在哪儿呢？是被俘虏去当军奴，还是一起跳海，还是逃难走了？几十年了仍音信杳然，从此，张珍珠和枫亭老驿长陈达明及驿吏们一样，一从别后，就没有再回到枫亭，想必都已经过世了。而枫亭和刘道义一起从军的 600 多个年轻力壮的男人，也在崖山之战后，无一生还回枫亭，想到这里，蔡荔娘重重地叹了一口气，又流下滚滚的眼泪。

离离原上草，一岁一枯荣。时光如百代过客，来去匆匆！又一个春暖花开的清明节到了，遍地野花香艳艳，满山青草密森森。正是百卉含英，万紫千红之时，蔡荔娘带着祭品和陆钊、儿媳及孙子一齐到陆大人的衣冠冢去扫墓，这天，也许是她走累了，也许是她又回忆起陆大人的事，她的行动有些怪异，步伐凝重，不爱说话，只是眼睛死死地盯在"有宋檀樾陆公墓道"的墓碑上，久久不肯离开。她多么想看到陆大人穿上这套衣服时的威武模样。她想如果陆大人还活着，她们的夫妻生活会如何甜蜜？如果宋朝还在的话，一家人会多么幸福！此时的她，正在回忆陆秀夫一生精忠报国的经历，正在回忆，改朝换代的现实的残酷！啊，陆大人，万析必东，不必想太多了。千古兴亡多少事，悠悠，不尽长江滚滚流。一切都成为了泡影，一切都已经过去了。请安息吧，陆大人，我蔡荔娘不后悔不变节，很快就会和你在一起了，很快，我们夫妻就要团聚了。此时的蔡荔娘，虽然这么想，却说不出声来，也就在大家扫墓完毕向陆大人下跪行礼时，蔡荔娘突然感到心脏刺痛，头痛眩晕，四肢无力，随即就倒在地上。

嵩山寺的僧侣们得知消息后，大家七手八脚赶紧把蔡荔娘抬入寺中，经众人讨论，见荔娘生无希望，由四个僧侣协助紧急呼船从港口运回枫亭，四个僧侣也一并跟往枫亭。民间传说，蔡荔娘在抬到家中时突然又醒过来片刻，虽无法讲话，却流出泪来。之后，就溘然去世，享年六十一岁。

尾　声

荔娘死后千人送葬　世人代代悼念陆公
荔娘忠节名传世代　秀夫留下千古忠名

　　蔡荔娘去世时，陆钊已40多岁了，有妻子和三个儿子，家庭殷富兴旺，一家生活安定。为了纪念操劳一生、艰难养子的母亲，陆钊在家举行了三天祭礼，驿里来悼念看望的人数不计其数，传说出殡那天送行的人数达千人之多，队伍从活水旁一直排到墓地。

　　就在蔡荔娘去世后，世人仍不忘忠臣，以诗词等各种方式纪念陆秀夫，单是在古代枫亭志的记载中，就有当时的尚书，莆田林俊云亦赞颂陆公一诗如下：

　　　　俎豆代干戈，进讲犹闻大学。

　　　　君臣本鱼水，归真直入深渊。

　　另有清忠臣林兰友也留言陆公。林兰友是枫亭连江里人，出生于1594年，享年66岁，是广西临桂县令，官至广道监察御史，人称"铁面御史"，又称"京师五谏"，枫亭街兰友村的名字，就是以他的名字命名的。林兰友赠陆公诗如下：

　　　　先公岁月昭忠孝，今裔春风印圣贤。

从这诗中可知，陆秀夫蔡荔娘的后裔在蔡荔娘死后约 300 年，还在枫亭居住。

追念陆秀夫的诗词等文章，直到清朝还有人书写，下面就是清代一个叫于辰的人，在领取匾额时留下的诗，全诗如下：

为宋左丞相陆公请批示，仰赴仙游县领取匾音曰：气烈风涛。闽学使者于辰 镇江人

舟飘宋运粤之东，万载流馨振义风。

抱主对天心有赤，捐身入海日无红。

芳名高并乾坤久，家庙灵昭位宇空。

赠匾神驰清酒献，莆阳搔首吊精忠。

这首诗的大意为：

为了宋丞相陆公请上级的批示，我将怀着恭敬的心情去仙游县领取写有"气烈风涛"的匾额，闽学院的使者镇江人于辰：

宋朝的国运漂浮在船上到了粤东，这万代流芳的品德树立起忠义的风范，报效国家的赤诚之心，苍天可鉴，为了国家宁愿死在大海的赤心让太阳都没有你的心那么红。您的名字和土地一样久远，家庙的灵魂虽在，却没有可以寄托尽情的地方，赠写的匾额让人精神一振，我们将祭奠您的神灵，莆田的人们都在激动地拍着头吊唁您的精忠报国之心。

清乾隆进士黄庆云留诗悼念陆公如下：

孤岛虚悬五岭东，当年舟战石尤风。

怒溥汹涌沉云黑，碧血含糊映日红。

誓乍波臣殉幼主，拟将毅魂诉长空。

宋家社稷归何处，不老春秋一片忠。

该诗大意是：这小小的孤岛好像悬挂在五岭的东方，当年舟船逆风海战的地方，那些海岛的石头好像还留着那战争的风云，那愤怒的波涛汹涌沉浮着像黑云一样，那赤诚的血好像还在增加太阳的红色，为了年幼的皇帝你发誓做大海波涛之下的臣子，那坚定不移的灵魂好像在天空诉说着什么，宋朝皇帝的家族和国家现在归到哪里去呢？只有这一忠诚的心像大地一样不老地存在着。

清朝仙游县举人颜岱《吊陆丞秀夫》诗如下：

> 汴水清流东复东，六龙长驾一航风。
> 文星点点深渊坠，鹃血年年春树红。
> 国士爱卫养士报，义声岂逐战声空。
> 登堂贞气昭颜色，留取荔蕉共劝忠。

该诗大意是：汴水河清清地东流不停，天子长途逃亡在海上已经走失了方向。有文才的人都像坠入了深渊无法施展能力，杜鹃泣血使杜鹃花年年都是红的，好像还在悲伤，国家的忠诚之士虽然在保卫祖国，但是报效的声音还是不能把战争的声音压下去。现在，登上庙堂去拜祭忠义的人，只有他们的精神在鼓舞着人心，连荔枝芭蕉也在共同劝告人们应该为国尽忠。

清朝仙游县贡生吴岐的《吊陆丞相秀夫》诗如下：

> 南波已嗟宋辙东，岳侯去后总颓风。
> 西湖乐夜连天赤，北虏来时蔽地红。
> 纵有长才悲驭短，非关无术漫书空。
> 万难不肯暂回首，海若同归一片忠。

该诗大意是：

南方海上的波涛感叹宋朝的命运已经似向东流水一去不回了，就像岳飞死后，国家开始萎靡不振一样。西湖夜晚的歌声，现在都带有血腥，北方的元兵来了，大地已经血流成河。即使是很有才能的人也只能悲叹不已，要反抗起来也很难，不是因为没有本事尽说些无用的话，虽然再多的困难也不愿退却，但也只能和大海一起，为了保护国家尽到一片忠诚。

旧枫亭志中还记载有陆秀夫在枫亭的六代孙陆昭的留言：

陆昭题高祖少公子公像赞：

是我高祖考丞相少郎，二思之号。君父悲丧鼎，鼎迁避世，怀抱乾刚。枫亭大陆，开族发祥，谱瞻遗像，壮貌堂堂。

该文大意是：我的远祖丞相少郎，皇帝失去国家的时候，他跟着逃亡到这里，忠直刚烈的心不改。他在海边的枫亭，开启了我们这一族的血脉，现在我们瞻仰族谱和遗像，先祖仍是这么相貌堂堂。

还有"陆昭自题家谱弁言"如下：

为国由来不顾家，天留遗胤产天涯，问代于今孙而祖，系续盐城乡已弗差。

该文大意是：为了国家陆秀夫不顾及自己的小家庭，庆幸老天留下的子孙们生活在天涯海角，问问今天的子孙和以前的先人，代代相承的，还是延续了我盐城的家风，而一点儿也没有改变，还是我们那个一心为国的家族。

另在公元1670年枫亭的《连江里志略》中，记载国朝一议论文，写得也很感人：

读忠烈宋左丞相陆公族谱，钦其忠义，爰作七百系卷末，不克颂扬万一，聊深仰止之思。

陈廷亮

从来豪杰难苦就，况复磊落由天授。浩气充塞大块中，日□□□天地寿。

有宋将亡浔相贤，熟精韬略驰行间。先帝一子安所置，独持大义畴能前。国非忠义无以立，大厦已倾事孔亟。海涛怒涌激壮怀，拔剑雄驱妻子入。呜乎！拔剑友驱妻子入，令人千载心于恺。手挽龙角兮，身抱龙子，元鼍起舞蛟龙泣。人生世上随造化，那能预烛征祥集。血诚一片格苍穹，子孝孙贤非意及。

另外，如本书《楔子》中所言，蔡荔娘死后不久，元朝也灭亡了，被明朝代替了，明王朝皇帝对陆秀夫忠诚殉国的精神十分佩服，特地在郊外设坛祭奠蔡荔娘，并敕封蔡荔娘为"南岭苍苍夫人"的称号。明洪武十四年，明太祖朱元璋下诏又召陆秀夫的子孙，陆秀夫在枫亭的胄孙陆昭（字孔明）得到"荐辟"，授御史，后迁户部主事。该《陆秀夫在枫史迹》（林焕文著述）文中还说，"陆氏家谱中有明初丞相宋廉所写的明太祖皇帝命题宋陆秀夫像赞：身抱龙鳞兮眼不见水，凤阙虽遐兮龙堂则迩。玉带白如兮澄清终始，赤日出海兮尔心不死。"

除此之外，据史料记载，清咸丰八年十二月，江苏巡抚赵德辙等人奏请皇帝，以宋儒陆秀夫从祀文庙。咸丰九年三月，皇帝批示礼部议复，礼部长文复奏后得到皇帝的批准，后来，礼部于咸丰九年六月将此事移交给福建藩司文，藩司文到兴化府议建后，在枫亭锦屏山天王院之左建一个蔡襄、陆秀夫和林兰友合祀的《三贤祠》，以纪念这三个忠臣。同时，莆田兴化府又授予蔡荔娘"节忠妇"的称号，以纪念这位一辈子忠于丈夫陆秀夫的妇人。

在陆秀夫殉国之后的几百年里，人们不但把陆秀夫、文天祥和张世杰并列为"宋末三杰"，而且，在江苏老家盐城，广东的潮州和崖山，福建的福州和同安等等地，都建立了许多个祭祀陆秀夫的庙宇祠和陆秀夫纪念馆等。且在今台山市都斛镇义城村，又为陆秀夫修建了大墓，墓碑上书曰："宋左柱国左丞相陆秀夫谥忠贞陆府群墓"等17个字；在潮安县的岗山水库附近，即在黄田山东麓的英山村枫塘山上，建有一座"宋左丞相陆秀夫陵园"的白石碑坊，落款是"光绪十六年岁次庚寅七月广东候补直隶州知权知海阳县事乌程沈麟书记"，（光绪十六年即1890年）；此前，在明正德十四年（1519年），潮州的地方长官在潮州东郊的白塔岭下，离城不足10里之处拨官田百亩，建有陆秀夫的石人、石马、石牌坊（此事记载于沈麟《重修陆忠贞公墓记》中）；《开平县志》也记载：在开平东山镇有一处古墓，葬南宋末左丞相陆秀夫，碑文中曰"宋左柱国左丞相陆秀夫谥忠贞陆府君墓"17个字，墓从西向东，长5.1米，宽4米，墓碑长78厘米，宽44.5厘米；光绪十九年（1893年）重修的《新宁县志》中（台山以前称为新宁）亦明确记载："陆秀夫墓在都斛二城村"，并加注说"陆秀夫墓按黄醇崖山志云，在新会二城村。盖未分县时，地属新会，又邑西南马山，亦有丞相墓"；这在《崖山志》也有记载："据二城村老称，秀夫墓在二城，明冢尚存"等等。总之，为纪念陆秀夫，他的墓在广东和福建多处出现。可见，陆秀夫在历代民众心中的地位，足以说明大家对于历史英雄人物的重视。

但据明弘治年间（1488-1505年）的仙游县志云：宋史之载陆左相，但记其驱妻子入海，至于活水亭之婚，一胍留枫之故不知也，及观陆氏谱，所载颇详，予既喜忠臣之有后，则知史官之缺者多矣。前年有融尝以此事，书告晋江林蕉林御史，谓如可入奏，付史馆编入正史，则天下后世读宋史者，至驱妻子入海，下有余快，且知此等奇忠美报，不徒作裨野私谈已也。杜御史答书曰：陆丞相纳妾为千古美谈，当与史馆朋友商之，如得之奏，不但补旧史之缺，且阐发幽光，亦吾儒责也。

从上文中可知，在陆秀夫殉国后的约200年间，中国正史的记载中只知道陆秀夫的原配夫人赵氏及儿子与陆秀夫一齐跳海了，却不知道枫亭还有一个侧夫人蔡荔娘和一个名叫陆钊儿子的事，因此，才书告当时的林蕉林御史，请他入奏写入正史。

但后来有没有入奏呢？或入奏后有没有写入正史，或该正史也失传了，这就不知道了。只是，笔者在厦门图书馆中查阅了所有有关宋史的书籍，都没有说及蔡荔娘的事，而在地方志中，特别是旧枫亭志中，历代都有记载。至此，笔者才采访了陆秀夫的后代，走访了嵩山寺和白云寺，拍下多张照片并开始收集有关资料，想较真实地再现陆秀夫和蔡荔娘走过的那段辉煌且艰巨的历史。

但笔者在此想说的是，蔡荔娘死后，她给世人留下了什么？值不值得纪念呢？

首先，蔡荔娘给枫亭人民创设了留春节，唤起了人们的爱国热忱，其意义重大，留春节现在被列为市级文化遗产保护项目。留春节的内容很多，因具有地域性，历史性，传承性，艺术性，教化性和影响性，在全国绝无仅有，从而具有独特性。其次，蔡荔娘实际上与陆秀夫仅有两个月的夫妻生活，然而她爱国如家不畏艰难，不畏强暴，善良刻苦，培养后代的高尚精神，是中国妇女优良品质和素质在蔡荔娘身上的充分体现，也是中华民族五千年历史中不屈不挠，兴旺发达，永立不败之地的精髓所在。一切发展都离不开人，如今，由蔡荔娘传下的后代已遍布各地，十七代来，虽然没有后裔再居住在枫亭，迁居了，但在盖南村有 3000 多人，在山尾有 1000 多人，在仙游城关有近千人，在莆田山林村有千人，共 6000—7000 人，这是一个可喜的数字。再则，蔡荔娘除了留下一首《诔相公词》外，还留下墓碑遗文"丞相嵩山衣冠冢　丞相衣冠是葬，相公毛裹攸关　侧室蔡氏题"二十四个耐人深思的字。另外，蔡荔娘后来换了墓碑，墓碑上"有宋檀樾，陆公墓道"八个字，更令人难于斟酌，为什么要用"檀樾"二字？为什么要写"墓道"，而不写"坟墓"？　还有，这一块墓碑虽然已被福建省政府列为文物保护单位，但该墓碑是存在 700 多年还是 600 多年？是蔡荔娘亲自设建的或是陆昭后来修墓重写的？这都有待研究。

但尽管如此，总之，由陆秀夫与蔡荔娘而生发的民俗文化，已成为枫亭乃至中国文化大海中一朵灿烂耀眼的浪花，斑斓多彩，光芒闪闪，值得研究，值得学习，值得发扬，希望蔡荔娘和陆秀夫的忠义和爱情的故事像春天一样能激励人，鼓舞人，教育人，并永驻人间。让我们世世代代纪念这位精忠报国的丞相陆秀夫和"南岭苍苍夫人"蔡荔娘吧！

后 记

　　本书在写作过程中，参阅了许多历史文献、教材和资料，主要有：《枫亭三妈宫志》《仙游县志》、1670年的《连江里志略》和1845年的《枫亭志》；《中国行政史》（主编虞崇胜、杨秀实编著）；《中国法制史》（叶孝信主编）；《宋史十五讲》（游彪著）；《宋史》（邓广铭、朱瑞熙、王曾瑜、陈振著）；《三小时读懂宋朝》（姜若木编著）；《宋元鏖兵襄阳之战》（姜正成主编）；《大宋帝国》下册（余耀华著）；《大宋帝国的衰亡》（江苏人民出版社）；等资料。在此向上述作者表示衷心的感谢！

　　由于陆秀夫和蔡荔娘的故事发生在700年前，并广泛流传于枫亭民间一带，所以民间的传说与历史文献的记载有一定差别，特别是在一些时间、地点和发生的经过等方面，还存在诸多矛盾，好在小说不是历史考究，可以自由地去表述和创作，但为了尽量做到故事的连贯性、完整性和真实性，我二次采访了白云寺，嵩山寺，陆秀夫在郊尾的祠堂，尽力寻找证据，挑选了较真实的记载和传说中较合理和可能的部分内容，再结合《史记》加以叙述，以达到相对真实地表述历史的环境、人物形象和事实情况。这就是本书的创作意旨所在。

　　另外，我在这写作期间，得到多位老人、朋友和作家的支持和帮助，如书中陆秀夫定婚和婚礼上两人的献诗三首（格律诗），为福建省作协会员、福建省诗词学会余美云诗人协助编写，书中关于宋朝时官员职务的说明和全书古诗、古文的个字修改和部分诠注翻译，是由盛京官方文学网副社长、主编、中华诗词学会特邀的昆仑先生协助表述，书中的内容、结构等，亦由多位作家提出宝贵的意见，在此也一并向他们表示衷心的感谢！

由于写作水平有限，难免存在一些浅陋和不妥之处，真诚希望各位读者能不吝赐教，特此致谢！

2019 年 1 月

附 录

蔡荔娘小传

　　蔡荔娘，福建仙游枫亭人，系驿吏蔡曰忠之独女，母杨氏，农家女。后蔡曰忠辞职，从原址枫亭赤岭村（现东宅村）移到枫亭连江里（即现在的兰友村）租房居住，在枫亭街上开海产商行，并自建房屋定居在连江里，兼职连江里都保。蔡荔娘因此跟随父母在枫并在当时福建的著名学府——枫亭塔斗山上的"青螺书院"女扮男装上学，17 岁时就与年龄相差 24 岁的陆秀夫在枫亭邂逅，并由杨太后赐婚，两人结成连理并生有一子，杨太后赐名为陆钊。后陆秀夫于公元 1279 年农历二月初六肩背小皇帝跳海殉国后，蔡荔娘写有一生唯一留世的祭文《诔相公词》，并把陆秀夫的衣冠葬于离枫亭约 40 公里远的莆田嵩山寺（今莆田市东庄镇东沁村上堂的山上）门前约二十米的地方。另据郑文华（陆秀夫舅孙陆昭的好友）写的《宋陆祖母蔡夫人墓志铭》记载，蔡荔娘："生于开庆己未年十月二十日末时，讳年亦已末，月则仲春，日则十七也，享年六十有一……"由此可知，蔡荔娘生于公元 1259 年，死于公元 1319 年，享年 61 岁。蔡荔娘去世后，葬在枫亭南岭山，位于枫亭镇古下村福厦公路向南约 500 米的地方。据南岭山脚下长坝村百岁老人说，蔡荔娘的墓，在百年前就不见了。蔡荔娘在世时，曾在枫亭连江里创设"留春节"，闻名天下。现在留春节现已成为枫亭纪念陆秀夫的固定节日，至今已有 700 余年，并得到政府的重视，每年仍在枫亭举行，2009 年被列为市级文化遗产保护项目。

明代《仙游县志》《福建通志》等中有关陆秀夫的记载

《福建通志》载：

　　公（陆秀夫）次室蔡夫人，生钊。崖山之难，丞相殉国，蔡夫人痛不欲生。以丞相别时衣冠，葬于莆田之嵩山。

明代《仙游县志》载：

　　"陆钊传"：陆钊，字二思，丞相秀夫子。端王没，秀夫与张世杰、陈宜中等，立卫王为帝，奉驾至枫亭。蔡曰忠感异梦，以女荔娘为之次室。蔡氏孕，遂留枫。生男报闻，名之曰钊。秀夫偕太后航海，崖山之难，秀夫驱妻、子入海，负帝殉国。蔡氏闻之，以秀夫别时衣冠，招魂葬于莆之嵩山。钊幼随母氏迁徙藏匿，备历险艰，后卒成立。元元贞二年八月，命宣抚李文虎访秀夫子录用。钊却聘以诗谢。文虎叹曰："孝子出于忠节之门，无容强也！"初迁莆，后居枫亭。遗命子孙不得仕元；竟元之世，其子孙无有读书仕宦者。明初有名昭著，公之诸孙也。

明代《仙游县志》载：

　　"陆昭传"：陆昭，字孔明，钊之元孙也。洪武十二年，以孝行人才膺荐，辟授御史，后迁户部主事。请于明，乞封始祖秀夫衣冠墓，及蔡夫人墓。奉旨给假归乡焚黄，里人以为孝。复荐莆田友人郑文华于朝，疏言：臣刚介性成，落落交罕；唯友人郑文华学行文章，卓然可举。后成化间，岳正为昭重门生，出守兴郡，率郡僚属以文祭墓。

按：此公之后裔在仙游者，他书多不见记载。第不知蔡父所梦为何？岂彼苍刻意安排，以裕其后乎？

清代《盐城县志》转《福建通志》载：

张世杰等奉卫王至枫亭，蔡日忠感异梦，一女为丞相次室，而生钏。崖山之难，丞相殉国，蔡夫人痛不欲生。以丞相别时衣冠，葬于莆田之嵩山。

民国版虞汝扬编著《宋陆丞相秀夫年谱》载：

是年，仙游人蔡日忠以女荔娘为公之侧室。据《仙游县志》载："陆秀夫从帝南渡，太后命娶蔡日忠女为妾，婚于活水亭。"又云："蔡荔娘为枫亭蔡日忠忠女，幼孝而慧，父母甚爱之。当二王在枫亭时，曰：忠有异梦，期以荔娘配秀夫。引孔母颜氏事问荔娘。对曰：非颜氏无以启孔宗，遂配秀夫。"婚娶的时间约在景炎元年九月，到了十一月末或十二月初，秀夫护王入泉州，荔娘身已怀孕，奉太后旨留枫亭，后生男，赐名钏。崖山之难，秀夫殉节，荔娘闻耗，痛不欲生。患难夫妻，牺牲国事，实为南宋亡国时一段哀艳史迹……

荔娘子陆钏，字二思，幼时随母到处迁徙藏匿，幸得长成。元元贞二年，元帝命宣抚使李文虎访秀夫后代，将授予官职。钏遵母训，不做元朝的官，写诗以谢。文虎感叹，谓忠节集于一家，未予强迫。钏幼时跟荔娘居莆，后返枫亭，遗命子孙不得仕元。竟元之世，其子孙无有读书仕宦者。明洪武十二年（1379年），荔娘四世孙陆昭（字孔明），以孝行获荐授御史，迁户部主事。乃奏请于朝，追封秀夫丞相衣冠葬，并营建蔡夫人墓，奉旨给假返乡祭奠。时隔百年，忠烈之后，获此殊荣，荔娘之功，诚不可没。

陆丞相衣冠冢在莆田醴泉里嵩山护国院。蔡荔娘墓在仙游连江里南岭山后，陆钏墓在仙游连江里锦屏山麓。

公元2000年版《仙游县志》"大事记"载：

德祐二年（1276年）

闰三月，礼部侍郎陆秀夫奉旨入闽抚民，驻枫亭驿。发布《抚安闽民檄》，招兵勤王。

五月一日，宋益王赵昰在福州即位，升兴化军为兴安州，仙游县属之。

七月，宋少帝赵昰和遗臣南航，驻枫亭莫厝埔，在天王寺招兵、筹船抗元。

八月，元军入闽，宋军南航。

景炎二年（1277年）

十月十五日，元兵攻陷兴化军，下令屠城。莆田城内居民被杀3万多人。莆田、仙游、兴化等三县被杀戮的还有3000余家。仙游归元。

其"文物篇"又载：

活水亭遗址位于枫亭兰友街。亭建于宋末。清乾隆《仙游县志》载："活水亭在枫亭印石东，陆氏之亭也。宋丞相陆秀夫从帝南渡，太后命娶蔡日忠女荔娘，婚于活水亭，即此。后其子钊却元聘，隐此。"亭原为木架结构，年久倾坦，遗址尚存。1980年9月列为县级文物保护单位。

公元1999年版《枫亭志》"大事记"载：

德祐二年（1276年）

闰三月，礼部侍郎陆秀夫奉旨入闽抚民，驻枫亭驿，发布《抚安闽民檄》，招兵勤王。

五月初一，南宋益王赵昰在福州即位，升兴化军为兴安州，枫亭属之。

七月，南宋少帝和遗臣南航，驻枫亭莫厝铺（今塔斗山北部至麟山一带），在天王寺招兵、筹船抗元。

七月，枫亭蔡日忠17岁女儿蔡荔娘由杨太后赐婚，嫁给陆秀夫。

八月，元军入闽。宋军集于太平港南航，枫亭人随军而去者无一生还。

其"文物、古遗址"篇记载：

活水亭位于兰友街枫慈溪畔，水渠与枫慈溪相通，可自流出入，故名活水亭。亭为木架结构，四周有柳树和荔枝。宋丞相陆秀夫随帝昰到枫亭，枫人蔡日忠以17岁女儿蔡荔娘许配陆秀夫为妻，结婚于活水亭。婚后不久，蔡荔娘有孕在身，陆秀夫在崖山背幼主帝昺跳海身亡。亭在明中叶毁坏，遗址尚存。

公元2004年版《郊尾镇志》"人物传"载：

陆昭，字孔明，香田里新窑（今郊尾新窑村）人，是陆秀夫的玄孙。明洪武十二年（1379年），以孝行荐授御史，后迁为户部主事。他奏请明廷封给始祖陆秀夫衣冠墓及蔡荔娘墓葬，朝廷准奏。陆昭奉旨归乡埋葬。

陆秀夫小传

（2015 年·姜正成主编）

陆秀夫（1238－1279），字君实，亦字实翁，别号东江。祖籍平原郡（山东境内）。高祖陆泃、祖父陆蕴、叔祖陆藻三人，都是进士及第，为官清正，向为后人钦敬。南宋高宗建炎年间，陆蕴改任楚州（今江苏淮安）管勾（掌管钱粮的官）、置家小于盐城县长建乡之长建里（今建湖县建阳镇）。陆秀夫父名闻霆，字芳春，母赵氏，为宋宗室女，生三子（清夫、秀夫、秀士）及一女（名未详）。

南宋理宗嘉熙二年（1238 年）十月初八，陆秀夫出生于长建里。陆秀夫三岁前后，江淮一带水旱连年，田地绝收，饿殍载道，人心惶惶。为了生计，陆闻霆夫妇携清夫、秀夫离开老家，逃荒至京口（今镇江市），寄居在赵氏娘家堂舅赵士诚建于汝山（今属丹徒镇）脚下的一座小庄园内。

尽管寄人篱下，闻霆夫妇未放松对秀夫弟兄俩的教育。童年的陆秀夫经常聆听父亲讲述古往今来杰出人物的故事。

陆秀夫五岁时，和哥哥清夫一道，前往孟氏学馆、拜京口儒"二孟"（孟逢大、孟逢原）为师，开始了长达八年的读书生涯。在学馆，陆秀夫学习刻苦，成绩优异，"学举子文，下笔有奇语。不待师烦，日进不休"，"二孟"十分喜爱他，"刮目待之"（南宋龚开《陆君实传》），称他为"非凡儿"。每逢假期或农忙季节，他常与同窗好友郭景星一道，去京口南郊黄龙山下的鹤林寺小住，白天"蕉窗论赋"，夜晚"抵足说诗"，还参加耕地、放牛、打扫山门等力所能及的体力劳动。他在州试"得贡"后重访鹤林寺时，曾写下《题鹤林寺》一诗忆及这一段难忘的经历。

岁月未可尽，朝昏屡不眠。

窗前多古木，床上半残编。

放犊饮溪水，助僧耕稻田。

寺门久断扫，分食愧农贤。

淳祐十年（1250年），陆秀夫十三岁，遵师嘱随父返乡温习功课，以应县试。走在范公堤上，父亲向他讲述了范仲淹率领四万民工修筑防海大堤的故事，还介绍了范仲淹的名篇《岳阳楼记》。自此，"先天下之忧而忧，后天下之乐而乐"的名句，被陆秀夫牢记于心。

在长建里，陆秀夫住了一年多时间，寄读于醋神庙的读书精舍。一到晚上，他就坐在神像前，就着神案上昏暗的灯光苦读不辍。淳祐十二年（1252年）二月，十五岁的陆秀夫参加盐城县试，名列第一。四月，赴淮安府参加州试，又高居榜首，不但被选拔为贡生，而且取得了进入最高学府（太学）深造的资格。理宗宝祐三年（1255年），陆秀夫再赴淮安应乡（省）试，又夺得第一。

宝祐四年（1256年），陆秀夫赴临安应会试，与文天祥同登进士榜。他对同榜的京口王良臣、盐城刘幼发说："吾侪当思报国，相勉为天下第一等人物，方不负此举。"复考官王应麟闻知，召秀夫相见交谈，并对他说："阅卷得文天祥，予不胜喜。今闻贤论，何让天祥！可贺可喜！"对陆秀夫赞许有加。

三榜连捷，陆秀夫声名大噪。景定元年（1260年），淮南制置使李庭芝邀陆秀夫至其驻地扬州的淮南幕府任职。应邀到任后，陆秀夫稳重干练、理事有方，深得李庭芝器重，提拔为"主管机宜文字，分拟诸房公事，职无不举"。他的治世才能，初露锋芒。

咸淳六年（1270 年），元军围攻襄阳，升任京湖制置大使的李庭芝率师驰援，陆秀夫以机宜身份随行。翌年，襄阳形势更加危急，李庭芝采纳陆秀夫建议，派张贵、张顺率敢死队员三千人，成功解救了襄阳之围。

咸淳十年（1274 年），陆秀夫奉召赴京，掌管文思院。其时元军已席卷了大半个中国，两淮形势日趋紧张，陆秀夫如坐针毡，无法久居京城，便于当年的十一月辞去文思院的职务，到淮东前线与李庭芝并肩抗元。宋廷遂任命他为淮东参议官，兼任淮南东路提刑。驻守在扬州的李庭芝高兴万分，说："我得一秀夫，胜如猛虎添翼！"

德祐元年（1275 年），宋、元双方的军事态势变化很快，川、鄂全境几乎尽陷元军之手，赣、皖已有不少州县的宋将或逃或降，苏北沿江及苏南地区城镇也大多未能守住。唯有陆秀夫临危不惧，与李庭芝同舟共济，誓死抗战，使扬州城岿然屹立在元军的汪洋大海之中。直至临安陷落以后半年之久，扬州城才被元军攻陷。

同年十一月，陆秀夫奉召任司农寺卿，管理农粮；不久又升任宗正少卿，兼起居舍人，得以出入宫禁，管理宫中日常生活。

德祐二年（1276 年）正月，陆秀夫以礼部侍郎身份赴平江（今苏州）与元人谈判，坚持"只议和，不投降"的原则立场，与元军统帅伯颜唇枪舌剑，针锋相对。伯颜无奈，只好放他回临安了事。

同年三月，元军攻破临安，虏全太后、恭帝（赵㬎）等北去。陆秀夫与殿前指挥苏刘义等保护杨、俞二淑妃和益王赵昰、广王赵昺从嘉会门逃出临安，直抵温州瓯江口的江心岛，在江心寺拥立赵昰、赵昺为天下兵马正、副都元帅，并积极商定建立海上行朝，到南方开辟抗元基地的大略方针。

同年五月，赵昰在福州正式称帝，改元景炎，是为端宗。端宗年幼，便由杨太后主议，以陈宜中、张世杰、陆秀夫组成行朝内阁。陆秀夫又与陈宜中据理力争，说服朝廷起用文天祥为通议大夫、右丞相兼枢密使，都督各路兵马，以便重整旗鼓，收复失地。陆秀夫也从中书舍人兼直学士院累次升迁为代理尚书，加端明殿学士、签书枢密院事，直接参赞都督军事。

同年八月（一说五月），因力荐文天祥一事，陆秀夫获罪于陈宜中。陈假传圣旨，陆秀夫被贬至潮州其兄清夫处闲居。

陆秀夫在潮州期间，友人将澄海辟望港口百余亩土地赠与他，好让他务农安家。后因陆母赵太夫人去世后停枢于此，这里便改名叫"陆厝围"。

陆秀夫在陆厝围一边务农，一边开办学馆，广招当地热血青年，讲韬略，授武艺，倡爱国，明节义；又专门建立练兵场，为当地培养抗元骨干。

景炎元年（1276年）十二月，元军攻打兴化军（今福建莆田），守将陈文龙坚守不降，不幸被俘。陆秀夫闻讯，即从潮州致书陈文龙，劝其宁可为国牺牲，也不要投降敌人，同时也向陈表达自己一心要复出，为国效力的强烈愿望。信中写道："今车驾蒙尘，中原荆棘，淮东、江西、闽广诸路俱败陷。北向长望，无寸土干净，秀夫岂敢游逸此土哉！"

陆秀夫被贬后，南宋海上行朝在陈宜中"逃跑至上"思想的误导下，军事上连连失利，处境越来越凶险。后经张世杰等人的严词追责，陈宜中才不得不于景炎二年（1277年）召陆秀夫还朝，复任其为端明殿大学士、同签书枢密院事。

陆秀夫奉诏前往行朝暂驻地——潮州外海的南澳岛，同行的有倪氏夫人、子八郎、九郎及幼女。赵氏夫人迭婵及长子繇、长媳周氏均留居潮州陆厝围。

陆秀夫一登上南澳岛，立即着手整顿朝政和军务，接着随行朝转战于南粤海上，与元军派来的海上追兵周旋。不料陈宜中却认为"大事不可为"，暗中带着一批心腹，驾舟逃往占城。同年十二月，十岁的端宗在井澳（即今珠江口西侧的大、小横琴岛）从舟中溺海，惊悸成疾。景炎三年（1278年）四月，行朝辗转至雷州湾口的硇州岛，端宗病逝，群臣多欲散去。陆秀夫说："度宗皇帝（赵禥）一子（赵昺）尚在，将焉置之？古人有以一旅（五百人）一成（十平方里）中兴者。今百官有司（泛指官员们）皆具，士卒数万，天若未欲绝宋，此岂不可为国耶？"（见《宋史纪事本末》）

他的慷慨陈词，大大激励了在场的人。于是，大家在硇州岛西南端的淡水镇拥立八岁的赵昺登极，称少帝，改年号为祥兴。陆秀夫为左丞相，辅佐朝政，总揽军国大事；文天祥为右丞相，在陆上发展义军，以图收复失地；张世杰为太傅，负责军事指挥。六月，行朝移驻崖山（广东新会，距新会城南约50公里），修建行宫与军营，作为抗元新据点。在崖山，陆秀夫内调工役，外筹军旅，以应建筑与生活之需，有力地支持了张世杰（在外海）、文天祥（在陆上）的军事行动，以至驻崖山的兵力发展到二十多万人，支撑着风雨飘摇的南宋政权。

祥兴二年（1279年）二月，宋、元双方进行了一次生死决战，这就是历史上有名的崖山海战。

元军以降元宋将张弘范为都元帅，李恒为副，分南北两路向宋军围攻。张世杰不听陆秀夫规劝，用大绳索将千艘战船相连在一起，拼命死守。双方相持不下，一时难分胜负。张弘范于是改变手法，派张世杰的外甥韩新到崖山劝降，被陆秀夫、张世杰严词斥退。张弘范又逼迫已经被俘的文天祥写劝降信给陆秀夫，文天祥正气凛然地反诘道："吾不能捍父母，反教人叛父母，可乎？"张弘范再三逼他写，他将不久前在被元军押解途中所写的一首七律《过零丁洋》交给张弘范，留下了"人生自古谁无死，留取丹心照汗青"的千古绝唱。

由于张世杰一时失误，没有在岸上留下一支军队守卫淡水、柴薪的供应通道，使张弘范有了可乘之机。二十万宋军在缺水、断薪的艰难条件下，与元军相持了二十二天，直至二月初六，终被元军攻破船阵。混战中，张世杰与陆秀夫、少帝失去联系，只好带领十八艘战船乘雾突围，驶离崖山，逃往大海。陆秀夫坚守到最后一刻，估计已无法护卫少帝走脱，便仗剑先驱妻倪氏、三子八郎、四子九郎及幼女跳入海中，随后跪拜在少帝面前说："国事至此，陛下当为国死！德祐皇帝（指赵昺的长兄赵显）辱已甚（指被元军俘虏），陛下不可再辱！"言讫，将九岁的赵昺缚在自己背上，纵身跃入万顷碧波。这位年仅四十二岁的南宋丞相，用负帝蹈海，以身殉国的忠烈行动，奏响了一曲声震天宇、气贯长虹的爱国壮歌！

陆秀夫在抗元斗争中所表现的"宁为玉碎，不为瓦全"的民族气节，为后人世代敬仰。就连元朝枢密院副使兼湖州路总管丁聚也十分敬重陆秀夫。他上奏朝廷，为陆秀夫修建了墓园。此时距陆秀夫殉国仅四年。明万历四十七年（1619年），明朝皇帝追谥陆秀夫为"忠烈公"。清咸丰八年（1858年），全国各地孔庙皆奉旨配祀陆秀夫。为怀念这位与国共存亡的民族英雄，广东新会崖山祠内建有大忠祠，供奉陆秀夫、文天祥、张世杰三人塑像；潮州澄海和潮阳、深圳蛇口、福建莆田、江西吉安都建有陆秀夫的衣冠冢或塑像、纪念亭。

　　盐城是陆秀夫的故乡，明初建有陆公祠，至今尚存。

本文引自姜正成主编《宋元鏖兵襄阳之战》

陆秀夫诗文十二首

1.《鹤林寺》

岁月未可尽，朝昏屡不眠。

山前多古木，床上半残编。

放犊饮溪水，助僧耕稻田。

寺门外断扫，分食愧农贤。

——来源百度

2.《句》

曾闻海上铁斗胆，犹见云中金甲神。

——来源百度

3.《抚安闽氏檄》

宋室有主，兴复斯时。帝星朗耀于闽都，遗秀夫先入抚安生民，同起忠义兵师，协清国家危难，倾诚招讨保义山河。

——《枫亭志》（1999 年）

4.《陆秀夫题蔡曰忠草堂》

族于权奸京卞别，聿修厥德念先人。

遐思当日端明老，荔树棠阳赤岭春。

——清康熙九年（1670 年）《连江里志略》"七绝"及《补作宋陆丞相传》中

5.《吟白云寺》

松花冉冉点苍苔，屋角梧桐次第开。

人依栏杆犹未去，一双白鹤破山来。

——莆田新度镇壶公山白云寺石碑，及清道光二十五年（1845年）林郎如编著《枫亭志》（林郎如述引自前人编的《连江里志略》）

6.《陆公留题白云寺对联二柱》

鹤从苍汉鸣来，花香此间开次第。

龙矫白云飞去，雷声何处震乾坤。

——清道光二十五年（1845年）林郎如编著《枫亭志》

7.《陆秀夫题嵩山寺二柱语》

当年护国是山，来奏帝赐名，山表曰嵩祝圣。

此日佐君飘海，去卜都谋向，海朝于粤飞龙。

——清道光二十五年（1845年）林郎如编著《枫亭志》

8.《嵩山诗》

护国嵩山院，登临且放歌。

神游天地外，对海计如何。

——清郑德来编著《连江里志略》，"五绝"

9.《陆秀夫题西明寺山门柱联》

月出长空渡，人要大道行。

——《枫亭志卷之五·事类》（1845年）

10.《悠悠诗》

四海自悠悠，主臣共一舟。

地天弗盖载，性命那存留。

——《连江里志略》"五绝"（1670 年）

11.《惜枫诗》

爷娘依地下，妻子入海中。

懿旨留枫者，惜胡民若躬。

——清林有融编著《枫亭志》中的《补作宋陆丞相传》一文

12.《秀夫题进思堂柱》

天地为家犹旅舍，乾坤有主在宾筵。

——来源于《枫亭古代志书三种》第 76 页

（清·《枫亭志卷之一·地里》）

（又引自 1670 年《连江里志略》）

（注：陆秀夫一生写诗文不多，从"百度"中只能找出有《鹤林寺》和《句》两首，但笔者从各类枫亭地方志中，又查找出陆秀夫所写十首诗文，共计十二首。）

蔡荔娘诗文

1.《诔相公词》

噫吁嘻，相公侍侧兮几多时？

噫吁嘻，纳余荐席兮父命之。

噫吁嘻，令勿随行兮君诏而。

噫吁嘻，相公入海兮驱妻儿。

噫吁嘻，若许随行兮并驱怡。

噫吁嘻。相公从王兮余曷追。

噫吁嘻，相公弃余兮余何为。

噫吁嘻，相公龙宫兮天子随。

噫吁嘻。余今何处兮接得归？

噫吁嘻，何难一死兮儿靡依。

噫吁嘻，引见夫主兮佛慈悲。

噫吁嘻，镇江家乡兮乡何处。

噫吁嘻，登进士第兮世攸仪。

噫吁嘻，四十四岁兮永别离！

噫嘻噫嘻，留别冠衣，埋葬嵩山衍厥支。嵩山护国识纲维。诔以词，吁嘻噫！

——清道光二十五年（1845年）郑有融《枫亭志》题赞，1999年《枫亭志》等。

2. 墓碑遗文：

丞相嵩山衣冠冢　丞相衣冠是葬　相公毛裹攸关

侧室蔡氏题

——清道光二十五年（1845 年）林有融《枫亭志》卷一·地里

3. 题墓碑

有宋檀樾，陆公墓道。

——陆秀夫衣冠冢墓碑

陆秀夫（1236-1279年），楚州盐城人。宋末"三杰"之一，官至丞相。在任丞相前，曾与宋末赵昰小皇帝南下驻跸在福建枫亭，由杨太后赐婚，与枫亭17岁女子蔡荔娘结婚（蔡为侧室夫人），生一子，杨太后取名为"陆钊"。后宋军崖山兵败，陆秀夫背赵昺小皇帝一起蹈海殉国，终年44岁。一说史书中记载陆秀夫终年42岁，出生于1238年。因蔡荔娘唯一的遗诗《诔相公词》中，记载陆秀夫殉国时是44岁，故陆秀夫出生应在1236年。

陆秀夫背小皇帝蹈海石像

蔡荔娘，枫亭人，自幼跟随父母在枫亭连江里居住。17岁与宋末丞相陆秀夫结婚，生有陆钊一子。享年61岁。详情请见180页《蔡荔娘小传》（油画收藏者王启祥）

1276年7月，宋丞相陆秀夫与蔡荔娘结婚，居住的地点为枫亭镇兰友村的活水亭。活水亭原址在右图这座房屋内，明中期被毁。清初，刘姓族人于此地修建刘祠大厝，此图为刘祠大厝大门。门前石柱上刻有一对楹联："屋外屏山青环蔡阃，源头活水翠挹蕉溪。"内屋厅大门的石柱上刻："陆相旧池仍活水，刘郎新阁复燃藜。"该房屋已400余年，至今保存完好，离笔者家只有百米之远。

此图为枫亭南岭山（即图后面被树木遮盖的这座山）。南岭山海拔仅五六十米左右，位于枫亭镇古下村福厦公路向南约500米。山下西侧为枫亭镇耕丰大队的长坝村。根据1670年《枫亭志略》："宋陆祖母蔡夫人……墓于枫亭南岭山，坐西恋向东海……享年六十有一，父曰忠，母杨氏……"的记载，蔡荔娘去世后即葬在此南岭山，但据长坝村百岁老人说，蔡荔娘的墓，在百年前就已湮没不见了。

　　南宋枫亭仁王院旧址，今地点在枫亭中学校园内。因南宋赵昰皇帝和杨太后曾在此居住三个月，后改名为"天王院"。该天王院于1948年被改为建枫亭中学。也有记载该天王院于1945年被毁。据高秋林老人（枫亭人，现年93岁，因办中国第一个家庭文化站30多年，事迹已载入枫亭镇志中）说，他1947年在此地的私立职校读书时，该旧天王院还在，完整无缺，故可以推定是1948年以后才被改建的。图中为枫亭中学部分教学楼。

南宋赵昰小皇帝和杨太后曾在枫亭仁王院居住过，因此将"仁王院"改名为"天王院"。该天王院于1948年初被改建为枫亭中学。2001年7月，由枫亭当地民众集资300万，在枫亭中学南侧的学士村许厝山，按照原天王院的式样重建（见上图），取名"古天王院。"宋末小皇帝赵昰到枫亭时，宋廷曾发过四道圣旨，现县档案馆仍保存一份圣旨。

清代修建的魁山寺和陆秀夫祠堂，距今已有近300年的历史，地址位于仙游县郊尾镇湖宅村附近，距枫亭约12公里。旧陆秀夫祠堂和魁山寺相连（有独立的大门），是陆秀夫后代从枫亭迁往郊尾居住后建的唯一一座"陆秀夫祠堂"。此旧魁山寺于1998年重建，也名"魁山寺"，式样与过去相同，仍为陆秀夫祠堂。

此图为郊尾魁山寺右边门的陆秀夫祠堂。祠堂祭祀的面积不大，只有约 20 平方米。此图中的陆秀夫像为 1998 年重建时的新画像。祠堂木柱上刻有："碧血丹心护国魂，披肝沥胆殉幼主"的对联。陆秀夫画像两旁又刻有一对对联，写道："生有自来文信国，死而后已武乡侯。"陆秀夫画像上面写道："宋丞相陆秀夫"。

　　此图为仙游县盖南坑头村入口。坑头村有村民 3000 人左右，均为陆秀夫后代。坑头陆家族长陆明聪（70 岁）说："到我这里已是 15 代，陆秀夫后代的分布，除了我们盖南，另外在城关有近千人，在赖店乡山尾 1000 多人，陆秀夫后代在仙游的人口，总共已有 5000 人左右。"另外，陆秀夫后代也有分支近 1 千人到莆田市平海镇上林村居住。总计陆秀夫的后代在莆田市范围内已有 6000 多人。

　　另据旧枫亭志记载："传世六叶至昭，其活水亭因称陆氏故居"可知，蔡荔娘去世后陆家的第六代，仍还在枫亭居住。第六代以后其后人才陆续迁往隔壁的郊尾镇居住，从时间上推断，陆家后人曾在枫亭居住至少六代以上，另据资料记载有部分后人在枫亭居住时间长达 300 多年。

　　嵩山寺（左）和陈靖姑祖庙，几乎同时创建于宋大观元年（1107年），地址均在现莆田市东庄镇东沁村上堂的山上，两者只一墙之隔，因此当地老百姓合称这两个寺为"象山寺"，蔡荔娘当年就住在嵩山寺长达五年的时间，可以说嵩山寺是蔡荔娘的第二个家。但嵩山寺是和尚寺，陈靖姑寺是尼姑庵，陈靖姑寺的面积是嵩山寺的3倍左右，因嵩山寺曾发起过护国运动，宋末小皇帝及陆秀夫也曾居住于此寺，故嵩山寺更为有名，亦称"护国院"。两者翻建后在同一围墙内，可以互相出入，但还是挂两个名，寺规也不一样。

此右图中的陆秀夫衣冠冢，是陆秀夫在上林村的后裔和嵩山管委会于2009年在原墓地的旧址上重建的。衣冠冢直径230公分，高105公分，整个墓总宽15米，长8米，底下两个台阶广场约20米。衣冠冢上方巨石刻有："故国今安在，新营忽此山。"的诗句，巨石背面，刻有"陆秀夫史志"（下图）。该广场，就是曾经嵩山寺的大门口。遗憾的是，几乎所有的史籍中只记载陆秀夫的衣冠冢在嵩山上，但没有说具体葬在什么地方。

　　陆秀夫衣冠冢前立的这块墓牌（见上图），高 110 公分，厚 15 公分，宽 55 公分。上刻："有宋檀樾，陆公墓道"。这块墓牌研究价值较高，据历史记载，陆秀夫衣冠冢只修过两次，一次是蔡荔娘死后约一百年，由明王朝批旨，蔡荔娘第六代孙陆昭重建，墓牌保留不换，后在清代由当地官员重修一次，直至现今。据推算，该块墓牌已有 700 多年历史，加工得很粗糙，亦可能是蔡荔娘在世时亲自修立的。因此于 2013 年修建时加立了一块牌子，特称"宋檀樾陆公墓道一块"，为福建省文物保护单位。

　　陆秀夫衣冠冢于2009年重修后，被列为"省级文物保护单位"。（见右图）。
嵩山海拔约为300米。陆秀夫衣冠冢建在坡度约45度的嵩山山坡上（见左图）。
从枫亭到嵩山寺，路程43公里，车程约一小时，足见蔡荔娘当年逃难时到此，要
步行一天多，甚为艰难。

　　右图中，可见陆秀夫的衣冠冢在几棵大榕树下，风景优美。右图右边是一条宽5米的道路，车可直达陆秀夫墓道和嵩山寺。左图是站在这条水泥路上拍摄的秀屿港和大海，秀屿港离嵩山寺大约一公里，可见史料中说"陆秀夫墓面向大海"的记载是正确的。

在距陆秀夫衣冠冢约30米的榕树下，立有一块牌，写道："省级文物保护，陆秀夫衣冠冢，2013年立。"但右图（立在衣冠冢旁）牌中所说："陆秀夫负少帝投海而死，其少夫人蔡荔娘因怀有身孕而留居"的内容与其他史料记载有出入，因陆秀夫投海时，蔡荔娘的孩子陆钘已两岁多，这在蔡荔娘的遗诗和枫亭相关志书等中有所记载。

　　图中的象山书院建在嵩山寺中，据寺中"碑记"记载，该书院建于唐末至五代之间。书院曾培养出史部、布政司和傅旨等多名官员和名人。蔡荔娘和儿子陆钊逃难到嵩山寺居住的五年时间内，陆钊就在此书院中读书识字。书院共分前中后三殿，本图为其中一殿。书院曾一度为东庄中学初期校园，于1996年曾改称为"中国福建莆田嵩山书画院"，后又改称为"象山书院"。书院的柱子上有一对古联很有意思，写道："象山有鸟皆成凤，醴水何鱼不化龙。"

　　图为枫亭 2017 年"留春节"祭拜陆秀夫丞相的队伍。留春节由陆秀夫在枫亭的遗孀蔡荔娘发起，至今已 700 多年。这是唯一一个为纪念陆秀夫而设立的固定节会。每年的农历三月底，都由枫亭兰友大队三妈宫组织人员祭拜，纪念为国殉身的陆秀夫。

　　左图中的"白云寺"在莆田市新度镇下坡村壶公山西侧山腰处，距枫亭43公里。白云寺创建于隋大业年间（605年—618年）。宋末陆秀夫等人护赵昺皇帝南下曾在此寺中驻跸，陆秀夫在此居住时写下《吟白云院》一诗："松花冉冉点苍苔，屋角梧桐次第开。人依栏杆犹未去，一双白鹤破山来"。此诗后由白云寺石刻立碑于白云寺门前。（右图）。

　　枫亭元宵游灯已有千年历史，2008年被国务院列为国家级非物质文化遗产名录并闻名全国，每年都有大量游客及东南亚、美国、匈牙利和澳大利亚等国的外国友人来枫亭观摩拍照。枫亭游灯规模较大，游灯品种有近百种，游灯队伍有一公里之长，全程游走5公里，上面两图为枫亭游灯的部分队伍。